Wir danken

der

ENTEGA Stiftung

für ihre freundliche Unterstützung

bei der 11. Krimi-Anthologie

des Odenwaldkreises

„Mords Odenwald"

Mords Odenwald

Krimi-Anthologie

Biografische Information der Deutschen Nationalbibliothek:
Die Deutsche Nationalbibliothek verzeichnet diese Publikation
in der Deutschen Nationalbibliografie; detaillierte bibliografische
Daten sind im Internet über https://www.dnb.de abrufbar.

Herausgeber: 2022 Kreisausschuss Odenwaldkreis
Herstellung und Verlag: BoD – Books on Demand, Norderstedt
Umschlaggestaltung: © Corinna Panayi-Konrad (Michelstadt)
ISBN: 9783756247790

**Krimi-Anthologien aus den Krimi-Schreibwettbewerben
des Odenwaldkreises**

Mords Kartoffel, 2007
Mords Schafe, 2008
Mords Apfel, 2009
Mords Holz, 2010
Mords Spur, 2011
Mords Römer, 2012
Mords Elfenbein, 2014
Mords Energie, 2016
Mords Burgen und Schlösser, 2018
Mords Kunst, 2020
Mords Odenwald, 2022

Unterstützer

Der Odenwaldkreis könnte ohne die Förderung zahlreicher Unterstützer sein überregionales Literaturprojekt, das sowohl einen Erwachsenen- als auch einen Jugend-Krimi-Schreibwettbewerb „Mörderischer Odenwald" sowie eine Preisverleihung und diese Anthologie umfasst, nicht durchführen.

Betriebsgesellschaft Schloss Erbach gGmbH
Das Buchkabinett, Erbach
Eduard Engelhardt GmbH & Co. KG Hausbau, Erbach
ENTEGA Stiftung, Darmstadt
Forsthaus Eulbach
Gräfliche Rentkammer GbR Erbach
Hitschler International GmbH & Co.KG, Michelstadt
Holzwerk Delp GmbH, Reichelsheim (Odenwald)
Hotel / Restaurant „Zum Grüner Baum", Michelstadt
Kiwanis Club Erbach/Odenwald
koziol »ideas for friends GmbH, Erbach
Kultursommer Südhessen e. V., Darmstadt
LY-Holding GmbH, Michelstadt
Odenwald-Stiftung, Erbach
ODWLDR Lumpe, Erbach
SCV GmbH, Michelstadt
Sparkasse Odenwaldkreis, Erbach
Stadt Michelstadt

Allen Unterstützern hierfür

Herzlichen Dank!

Vorwort

Liebe Leserinnen und Leser,

der Odenwaldkreis lobt seit 2007 einen Jugend- und einen Erwachsenen-Krimi-Schreibwettbewerb aus, zunächst jährlich, seit 2012 im zweijährigen Rhythmus. Die teilnehmenden Autorinnen und Autoren kommen dabei nicht nur aus allen Bundesländern in Deutschland, sondern weltweit aus dem nahen und fernen Ausland.

2022 feiert der Odenwaldkreis sein 50-jähriges Bestehen. Aus diesem Grunde widmeten wir den 11. Krimi-Schreibwettbewerb ganz besonders unserer ländlichen Region ODENWALDKREIS. Unter dem Titel „Mörderischer Odenwald" hatten Autorinnen und Autoren ab 11 Jahren die Gelegenheit, „mörderische Plätze" im Odenwaldkreis auszuwählen und diese in den Fokus eines Kurzkrimis zu stellen.

Wir waren doch sehr überrascht, welche Tatorte im Mittelpunkt der spannenden Geschichten standen: Von der „Kerb", markanten Burgen, der „Kochkäs'-Wanne" bis hin zum Galgen, alten Brunnen und natürlich unseren Wäldern. Dies ist nur ein kleiner Ausschnitt.

Weitere Vorgaben hinsichtlich der „mörderischen Taten" waren nicht gegeben, so dass es für die Jury-Mitglieder diesmal besonders schwierig war, die Preisträger*innen unter den 200 Einsendungen zu ermitteln.

Neben Rache, Gier, Hass und Eifersucht gab es noch so mancherlei weitere Auslöser. Besonders mysteriös bei den diesjährigen Beiträgen war, dass gerade den Bürgermeistern (vermeintlich) nach dem Leben getrachtet wurde. Auch ein Lottogewinner konnte sich nicht lange am Gewinn erfreuen bis sein tödliches Ende nahte.

Lassen Sie sich überraschen, was der „K-Tag" ist und was es mit ihm auf sich hat!

Die 30 bestbewerteten Beiträge des Erwachsenen- und die jeweiligen Siegerbeiträge der drei Alterskategorien des Jugend-Schreibwettbewerbes haben wir für Sie in dieser Anthologie „Mords Odenwald" zusammengefasst.

Sind Sie gespannt, welche Orte die Autorinnen und Autoren als „Tatort Odenwaldkreis" gewählt haben und welche mörderischen Taten deren Krimigeschichten beinhalten.

Wir wünschen Ihnen dabei auf jeden Fall

„SPANNENDE UNTERHALTUNG".

Ihr

Frank Matiaske
Landrat des Odenwaldkreises

Die tote Hexe

Allegra Celine Baumann (Darmstadt)

Larissa war erst vor wenigen Monaten wieder aus Frankfurt zurück in ihre Heimat, den Odenwald, gezogen. Bisher war sie glücklich mit ihrer Entscheidung. Sie traf sich mit ihren Freundinnen von früher und hatte sogar einen netten Mann kennengelernt, der in der örtlichen Bücherei arbeitete und mit dem sie schon einige Male ausgegangen war. Etwas, das allerdings nicht so verlief wie geplant, war ihr Job. Eigentlich hatte sie gedacht, dass die Arbeit als Polizistin hier entspannter werden würde als in der Stadt, aber tatsächlich war genau das Gegenteil der Fall. In den letzten zwei Monaten hatte es bereits zwei Morde gegeben – inklusive demjenigen, zu welchem sie eben gerade auf dem Weg war. Während sie in ihrem Auto von Höchst kommend zwischen Feldern die kleine Straße Richtung Annelsbach entlangfuhr, dachte sie über den ersten Mord nach. Die Höchster Apfelblütenkönigin war neben ihrem Pferd im Stall aufgefunden worden, erwürgt. Bisher hatten sie den Täter nicht ermitteln können. Das Merkwürdige an dem Fall war, dass, als die Polizei das Opfer fand, sowohl die roten Haare des Mädchens als auch die Mähne des Pferdes zu dicken Zöpfen geflochten gewesen waren. Die schluchzende Mutter des Opfers versicherte allerdings, dass die Tochter dem Pferd nie Zöpfe geflochten hatte.
Als sie darüber nachdachte, fiel Larissa auch wieder ein, dass ihr, wenige Tage nach dem Mord, einer ihrer Kollegen erzählte, wie eine alte Frau, die Larissa kannte, bei der Polizeistation angerufen hatte und meinte, etwas Wichtiges berichten zu müssen. Larissa hatte dieser Nachricht allerdings nicht viel Bedeutung beigemessen. Aus ihren bisherigen Ermittlungen kannte sie die älteren Leute, die nichts zu tun hatten, den ganzen Tag am Fenster saßen und dann meinten, sich in Mordermittlungen wichtigmachen zu können. Dennoch machte sie sich eine mentale Notiz, dass sie ihren Kollegen fragen wollte, ob er mit der alten Frau gesprochen hatte.

Als Larissa am Tatort ankam, sah sie, dass dies nicht mehr notwendig war. Dort lag die alte Frau, verkrümmt am Wegesrand in der Wiese, direkt neben einem Steinkreuz. Dünne Fäden aus geronnenem Blut waren auf ihrem Gesicht zu sehen, ihr Schädel war eingeschlagen. Larissa trat zu dem Gerichtsmediziner, der bereits neben der Toten kniete. „Was haben wir hier?", fragte sie. „Eine tote, ältere Frau. Ganz klar Mord", sagte er, ohne den Blick von der Toten zu heben. Larissa seufzte. „Irgendetwas Besonderes?", fragte sie. „Jein. Also zum einen die Stelle, direkt neben diesem Steinkreuz hier. Und zum anderen das." Der Gerichtsmediziner streckte die Hand aus und hielt Larissa einen kleinen Zettel hin. In unordentlichen Buchstaben, anscheinend schnell geschrieben, stand dort ein Wort: Sagen. „Sagen?", lies Larissa stirnrunzelnd vor. „Keine Ahnung", murmelte der Gerichtsmediziner, ganz vertieft in seine Arbeit.

*

Larissa parkte ihr Auto. Sie war am Abend mit Tim, ihrem Date aus der Bücherei, auf der Burg Breuberg verabredet und wollte die Zeit davor nutzen, um einen Blick in die Wohnung der toten Alten zu werfen. Vielleicht fanden sich dort Hinweise auf die merkwürdige Notiz, die sie in der Faust der Toten gefunden hatten. Sie ging auf die Haustür zu und sah, dass diese nur angelehnt war. Vorsichtig schob sie die Tür auf. Ihre Augen brauchten einen Moment, um sich an die düstere Umgebung zu gewöhnen. Sie sah zu ihrer Rechten das Arbeitszimmer mit einem großen Schreibtisch, welcher mit ausgeschnittenen Zeitungsartikeln und handgeschriebenen Notizen übersät war. Larissa trat an den Schreibtisch, setzte sich und ging die Papiere durch. Bei den Zeitungsartikeln handelte es sich hauptsächlich um Berichte des Heimatvereins. Plötzlich hörte sie die Haustür ins Schloss fallen. Sie sprang auf, eilte in den Flur und riss die Haustür auf. Sie konnte gerade noch eine schwarzgekleidete Gestalt auf der anderen Straßenseite um eine Ecke rennen sehen. „Verdammt", fluchte sie laut.

*

Missmutig stellte Larissa ihr Auto am Fuße der Burg Breuberg ab. Sie mochte es nicht, wenn sie im Nebel tappte und bei diesem Fall tat sie das. Außerdem machte ihr der Unbekannte Bauchschmerzen, den sie zuvor am Haus der Alten hatte wegrennen sehen. Sie stieg den gepflasterten Weg zur Burg Breuberg hinauf und die Steigung ließ sie schnaufen. Oben angekommen wischte sie sich die Stirn und schaute sich um. Es war bereits dämmrig, doch sie konnte die Bank noch gut erkennen, an der sie sich mit Tim treffen wollte. Dort hatte einst eine mächtige Linde gestanden, die jedoch vor wenigen Jahren gefällt werden musste. Ihr Stumpf war noch vorhanden und ragte hinter der Bank in die Höhe. Tim war noch nicht da und so setzte sie sich. Es war ein milder Sommerabend und Larissa genoss die Stille. „Larissa!" Sie schreckte hoch als sie ihren Namen hörte. Tim war von hinten an sie herangetreten. „Du bist es! Du hast mich ganz schön erschreckt", sagte sie. In dem fahlen Licht erkannte Larissa nur seine Umrisse. Ohne etwas zu sagen, streckte er den Arm aus und hielt ihr etwas hin. Es war ein kleines Buch. Larissa nahm es und las den Titel: Odenwälder Sagen. „Ich bin eingebrochen", sagte Tim. „Du bist eingebrochen?" „Ja, und ich wäre fast erwischt worden! Da war noch jemand, aber ich bin so schnell gerannt wie ich konnte." „Wo?" „Im Haus der Toten. Ich habe ihre Sachen durchsucht und das hier gefunden." Larissa lachte auf. Plötzlich fiel ihr ein Stein vom Herzen. „Tim, ich war das. Ich war in dem Haus. Ich habe dich wegrennen sehen, aber nicht erkannt." Tims Stimme wurde entspannter als er nun sprach. „Dann wolltest du auch bei ihr nachsehen?" „Ja. Aber kein Wunder, dass ich nichts gefunden habe, wenn du vor mir dort warst und das Buch mitgenommen hast." Larissa schlug die erste Seite auf. „Was steht darin?" „Larissa", sagte er ernst. „Es passt alles zusammen. Die Morde sind nicht zufällig. Sie folgen den Odenwälder Sagen. Gut, der erschlagene Tote am Steinernen Kreuz ist in der Sage ein Mann, hier war es die alte Frau. Aber der Mord der rothaarigen Apfelblütenkönigin ist identisch mit der Sage der Hexe und dem Pferd mit den geflochtenen Zöpfen, außer, dass die Hexe in der Sage nicht stirbt." Tim wirkte aufgeregt. „Verstehst du? Die Morde imitieren die Odenwälder Sagen." Larissa wusste seit ihrem ersten Date mit Tim, dass er ein Faible für Heimatgeschichte hatte. „Und weißt du, was das noch heißt?", fragte er. „Wenn die Sagen tatsächlich wahr sind, dann können wir den Mörder der Toten am Steinernen Kreuz leicht erkennen." Während er sprach fiel Larissa auf, dass sie sein Gesicht bisher nicht richtig gesehen hatte. Es war bereits fast ganz dunkel und der Mond war hinter einer dicken Wolke verborgen. „Wir erkennen den Täter", sagte Tim, „weil er der Sage nach verflucht ist und nach dem Mord von einer Amsel attackiert wurde, die ihm das Gesicht zerhackt hat." Seine Stimme war nun ganz ruhig und gefasst. Während er gesprochen hatte, war der Mond hinter der Wolke hervorgekommen. Zum ersten Mal sah Larissa sein Gesicht. Seine Augen weiteten sich. „Was...?" Nun konnte er die vielen kleinen Pflaster auf Larissas Gesicht erkennen. Das war aber auch das letzte, das seine schönen Augen erblickten, bevor das Messer ihm die Kehle aufschnitt. Mit offenem Mund brach er auf dem Baumstumpf der Linde zusammen, das Blut sprudelte aus der Wunde auf sein weißes Hemd.

Larissa setzte sich wieder auf die Bank und nahm das Odenwälder Sagen-Buch in die Hand. Das weiße Fräulein auf der Burg Breuberg war nun eben ein weißer Jüngling. Auch gut. Wie praktisch, dass die alte Frau ihr bereits vor Monaten von den Odenwälder Sagen erzählt hatte, die Larissa, obwohl im Odenwald aufgewachsen, zuvor nicht gekannt hatte. Es war die perfekte Methode gewesen, die rothaarige Hexe umzubringen. Denn nur so nannte Larissa das Mädchen, welches ihr vor Jahren den Traummann ausgespannt hatte. Und das, obwohl sie damals ihre beste Freundin gewesen war. Aber Larissa vergaß und vergab nie. Sie hatte deshalb die Polizeiausbildung begonnen, denn als Polizistin würde sie niemand jemals verdächtigen und sie könnte alle Hinweise auf andere Personen lenken. Wie die Hexe geschaut hatte, als Larissa plötzlich in dem Pferdestall in Pfirschbach vor ihr gestanden hatte. Der verängstigte Blick der jungen Frau, bevor Larissa sie erwürgte, war ihr Genugtuung genug gewesen. Zu dumm nur, dass die Alte direkt die Verbindung zu den Sagen herstellte und auch zu Larissa, weil sie ihr eben kurz zuvor davon erzählt hatte. Also hatte auch sie sterben müssen. Und nun Tim, den Larissa überhaupt nur als Alibi getroffen hatte. Aber egal. Sie würde ihren untauglichen Kollegen erzählen, sie hätte Tim hier so gefunden und die Wunden in ihrem Gesicht hätte sie sich an einem anderen Tag bei der Gartenarbeit an einer Dornenhecke zugezogen. Niemand würde ihr auf die Schliche kommen. Was sie jedoch immer noch stutzen ließ, war das Verhalten der Amsel, die sie tatsächlich am Steinernen Kreuz nach dem Mord an der Alten attackiert hatte. Aber das war sicher ein Zufall gewesen.

Hinweis:
Die in dieser Kurzgeschichte erwähnten Odenwälder Sagen sind in folgendem Buch zu finden:
„Heimat-Sagen aus den Kreisen Erbach und Bensheim", gesammelt von Wilhelm Glenz, Darmstadt, 1929.

Rache ist Kochkäs'

Wiebke Behrouzi (Darmstadt)

Sämig troff er vom Löffel. So war er genau richtig. Natürlich gab es Maschinen, die ihr die Arbeit hätten abnehmen können. Aber ein echter Odenwälder Kochkäs' war handgerührt. Zu Kochkäs' hatte sie schon seit Kindertagen ein ganz besonderes Verhältnis. Seit Menschengedenken hatte ihre Familie eine Gastwirtschaft betrieben. Eine echte Kochkäs'wirtschaft. Weit über die Grenzen des Odenwalds hinaus bekannt für ihre Kochkäs'schnitzel. Auch Mischi, ihr Ex-Mann, hatte sie geliebt. Erst die Schnitzel, dann auch sie, Moni. Kurz darauf hatten sie geheiratet und die Wirtschaft fortan gemeinsam betrieben. Sie in der Küche, er im Service. Mit seiner munteren, natürlichen Art hatten ihn die Gäste gleich ins Herz geschlossen. Ihren Mischi. Mit seinen roten Wangen, dem leichten Bauchansatz und den Holzfällerhemden. Ein Odenwälder Original durch und durch.

Dann war alles plötzlich anders geworden. „Sue" war aufgetaucht. Eigentlich Susanne. Sie arbeitete in einer erfolgreichen Frankfurter Großkanzlei als Rechtsanwältin. Ein hochnäsiges Großstadtgewächs, gestylt wie aus dem Modemagazin. Für eine Wanderung hatte sie sich in die Hügel und Täler des Odenwaldes begeben und war anschließend bei ihnen in der Wirtschaft eingekehrt. Die Wirtschaft war an jenem Abend eher mäßig besucht und Mischi hatte Zeit zum Plaudern. Die beiden unterhielten sich länger. Fortan kam sie regelmäßig. Manchmal bestellte sie nur ein stilles Wasser, sie unterhielt sich aber immer intensiv mit Mischi.

Die Erinnerung beschleunigte ihren Puls. Energisch rührte sie im Topf. Der Kochkäs' durfte ihr nicht anhängen.

„So e kuldivierti Person", hauchte Mischi immer öfter, sobald Sue gegangen war. Was er an dieser aalglatten Ziege fand? Sie lud ihn schließlich zu sich nach Frankfurt ein und Mischi kam mit glasigem Blick zurück. „In eme Loft dut se wohne, die Sue, midde drin in de Stadt", berichtete er. Dann berichtete er immer weniger, war dafür aber immer öfter bei ihr in Frankfurt. Er entglitt ihr. Sie, die Wirtschaft, ja der ganze Odenwald interessierten ihn nicht mehr. Schließlich zog er ganz zu Sue nach Frankfurt. Er nannte sich auch nicht mehr Mischi. Er wollte nur noch Mo genannt werden. Das glatt rasierte, rotbackige Gesicht wurde jetzt zu großen Teilen von einem Hipster-Bart verdeckt, die rasierten Unterarme zierten verwegene Tattoos und er hatte sich einen Job in einem urbanen Szene-Lokal gesucht. Er nahm 20 Kilo ab und war sehr stolz darauf, nun vegan zu leben. „Moni, des is mer zu eng worre, do hinne bei eich. Zu spießisch für en Mensch wie misch. Ich gehör naus in die Welt, net in den hinnerweltlerische Orrewald." Ja, die Hipster-Fassade hielt nur, solange er den Mund hielt.

Der Kochkäs' war gut gelungen. Sanft und cremig. Genau wie er sein sollte. Zufrieden schob sie den Topf auf die hintere Platte und nahm sich die nächste Portion vor. Sie blickte auf die Uhr. Eine Stunde hatte sie noch. Alles lief nach Plan.

Ihr, Moni, hatte die Trennung den Boden unter den Füßen weggezogen. Für die Wirtschaft hatte sie eine Bedienung angestellt. Aber die Gäste blieben weg. Mischi fehlte. Fehlte ihr und fehlte der Wirtschaft. Und ihre Kochkunst litt unter diesem Fehlen. Die Gäste beschwerten sich über angebrannte oder versalzene Speisen und blieben nach und nach weg. Zwei Lockdowns hatte die Wirtschaft noch mit Not und staatlicher Unterstützung überstanden, dann hatte sie schließen müssen. Es war ihr immer schlechter gegangen und sie war viel alleine mit sich und ihren negativen Gedanken.

Dann hatte vor zwei Tagen das Telefon geklingelt. Mischi, der sie mit tränenerstickter Stimme darüber informierte, das Sue „en Lover hot", wie er sich ausdrückte. Guck an. Wollte er sich jetzt bei ihr ausheulen? Ausheulen über Untreue in der Partnerschaft? Hatte sie sich am Anfang mit jeder Faser gewünscht, dass er zu ihr zurückkehren würde, war über die Monate eine unbändige Wut, ja Hass, in ihr gewachsen. Er hatte alles zerstört. Sie, ihr Leben, ihre Existenzgrundlage. Hatte sich zum Lackaffen gemacht und sie behandelt wie das letzte Landei. Von oben herab. Er hatte sie nicht nur als Frau tief verletzt, sondern auch in ihrem Stolz als Odenwälderin. Oft hatte sie nachts wach gelegen und hatte glühend auf Rache gesonnen, um am Tag dann doch nur übernächtigt und lethargisch am Küchentisch zu sitzen und ins Leere zu starren.

Kennen Sie die Konsistenz von Kochkäs'? Machen Sie mal ein einfaches Experiment: Legen Sie eine Glasmurmel in eine Schüssel mit Kochkäs'. Und dann schauen Sie jeweils im Abstand von ein paar Minuten wieder. Die Glasmurmel wird ganz langsam darin versinken. Versinken, bis der Käs' sie ganz umschließt.

Nach dem tränenreichen Telefonat hatte sie nachts wieder einmal wach gelegen und es war ein Plan in ihr gereift. Sie hatten aus guten Tagen noch ein kleines Wochenendhaus in Bullau im Eutergrund. Dort, wo die Wochenendhäuschen wie Schwalbennester an den Hang gebaut sind. Den Verkauf des Hauses hatte sie bisher, trotz finanziell prekärer Lage, gescheut. Denn das Haus gehörte Mischi und ihr zusammen, also müssten sie es auch zusammen verkaufen.

Das Telefonat hatte damit geendet, dass sie einfach auflegte. Aber sie war sicher, dass sich Mischi wieder melden würde. Sie würde sich mit ihm treffen und ihm anbieten, zunächst in dem Wochenendhäuschen wohnen zu können. Dort würde sie ihm einen würdigen Empfang bereiten. Die Idee nahm nach und nach Gestalt an und gefiel ihr immer besser. Direkt am nächsten Morgen besorgte sie die Zutaten und begann voller Eifer mit der Zubereitung.

Schon am nächsten Tag rief er, wie erwartet, an. Er müsse doch wo hin. Das Hinterzimmer des Szene-Lokals sei keine Lösung. Und so war er schließlich auf sie gekommen. Auf „sei lieb, aldi Moni". Sie hatte innerlich bis zehn gezählt und die Fingernägel tief in die Handballen gekrallt. Aber sie hatte es geschafft, sich mit ihm für den kommenden Dienstag um 12 Uhr in Bullau im Wochenendhäuschen zu verabreden. Er hatte ihr begeistert gedankt und ihr waren nach dem Auflegen die Knie weich geworden. Dienstag. Sie hatte noch zwei Tage. Und es fehlten noch 40 Kilo. Die letzten 20 Kilo konnte sie dort kochen. Die Temperatur sollte ja auch stimmen.

Sie blickte auf die Uhr. Noch zwanzig Minuten. Sie hatte vorgekocht. Nicht nur viel Kochkäs'. Es würde Kochkäs'schnitzel geben. Mit Bratkartoffeln. Sein Lieblingsgericht. Vegan war mit Sicherheit Geschichte. "In dein Kochkäs' könnt isch misch noi setze!", hatte er wie oft gesagt. Das sollte jetzt eine sehr wörtliche Umsetzung erfahren. Sie hatte alles am Wochenendhaus ausgeladen und das Auto dann etwas weiter weg geparkt. Dienstags war hier in der Siedlung zwar fast nichts los. Aber man wusste nie, wem welches Auto wo auffiel. Was die großen Behälter enthielten, die sie vorhin ausgeladen hatte? Kochkäs'. 80 Kilo Kochkäs'. Diese hatte sie in die Badewanne geleert, einen kleinen Teil natürlich entnommen für die Kochkäs'schnitzel. Die restlichen 20 Kilo, die sie hier im Häuschen gekocht hatte, waren warm genug, um der gesamten Masse genau die richtige Konsistenz zu verleihen. Ihr Hausarzt hatte ihr gegen die Schlafstörungen Schlaftabletten verschieben, klassische Barbiturate. Die Tabletten einer ganzen Packung dienten, in warmem Apfelwein aufgelöst, als Grundlage für ihre legendäre Apfelweincreme, die er liebte und die sie als Nachtisch vorbereitet hatte. Die Creme hatte genug Eigengeschmack. Man sollte die Tabletten darin nahezu nicht schmecken. Bis zum Nachtisch hätte Mischi aber sicher mindestens drei Gläser Sauergespritzten geleert, wie sie ihn kannte. Das würde die Geschmackswahrnehmung drosseln und die Tablettenwirkung entsprechend verstärken. Sie mochte keine Apfelweincreme. Hatte sie noch nie gemocht. Mit und ohne Tabletten. Er würde sich also nicht wundern, wenn sie keinen Nachtisch aß. Nur er sollte nach dem Nachtisch in einen unfreiwilligen Schlummer gleiten. Sie würde ihn mit dem Transportgriff aus dem Erste-Hilfe-Kurs, den sie vor drei Jahren noch zusammen besucht hatten, ins Bad schleifen. Ein Glück, dass er 20 Kilo abgenommen hatte.

Sie leerte den letzten Topf Kochkäs' in die Wanne. Mischi sollte sich nicht nur „noi setze", er sollte sich „noi lege" in den Kochkäs'. „Noi", bis der Käs' ihn ganz langsam völlig umschloss. Sie würde derweil die Küche aufräumen. Sein Geschirr würde sie stehen lassen. Ihre Fingerabdrücke würde sie versuchen zu dezimieren. Und wenn ein paar übrig blieben: Es war schließlich auch ihr Wochenendhaus. Er würde, wie

immer, sein Handy beim Essen neben sich legen. Sie würde es, sobald er zusammengesunken war, mit seinem Finger entsperren und ein längeres Video starten, um es entsperrt zu halten. Sobald er in der Wanne lag, würde sie dann ein eigens vorbereitetes Bild in seinen WhatsApp-Status stellen: „Mein Odenwald, wie konnte ich dich so verraten?"
Darunter eine große Schüssel Kochkäs'.
Andernorts mochte Rache Blutwurst sein. Im Odenwald war sie Kochkäs'.
Alles war vorbereitet, der Tisch gedeckt, eine Kerze brannte. Da klingelte es an der Tür...

Eine Ourewäller Kiste

Ines Burghardt (Bonn)

„Wem is die Kerb?"
„Unser!"
„Ich hab' sie gefunden!"
Tim unterbrach die angeheiterten Rufe. Nach längerer Suche war er mit dem Spaten auf die ramponierte Holzkiste gestoßen, die die älteren Kerbburschen im letzten Jahr auf einem Feld in der Nähe des Dorfes vergraben hatten. Unter der lautstarken Anfeuerung der anderen hob er die Kiste aus der Erde. Er war vor etwa einem Jahr für seine Ausbildung in den Odenwald gezogen, das neueste Mitglied der Gruppe und damit für alle anstrengenden Aufgaben zuständig; während die anderen schon jetzt, beim Ausgraben der Kerb, dem Beginn des traditionellen Dorffestes, die eigene Feierlaune durch Bier und Gesang nährten.

Als er die Kiste öffnen wollte, hielt ihn Frank, den alle aufgrund seiner jahrelangen Funktion als Kerbvater nur de Vadder nannten, zurück.

„Des is moin Part! Die Kerb öffned de Vadder."
Unter erneutem Gegröle der übrigen Kerbburschen hob Frank den Deckel an und ließ ihn nach einem kurzen Blick auf den Inhalt abrupt wieder fallen. Das Gebrüll der anderen riss sofort ab. Alle waren einen Schritt von der Kiste zurückgetreten.

Nur Tim stand an derselben Stelle wie zuvor.
„Hat euch die Kerb verschreckt?"
Da niemand antwortete, bückte sich Tim und öffnete die Kiste erneut. Im Inneren lag anstelle der üblichen Flasche Wein der abgerissene Seitenspiegel eines Autos. Auf dem Spiegel klebte ein Zettel.

Tim las laut vor: „Ich sehe euch!"
Erschreckt blickten sich die anderen Kerbburschen um. Kalle, der Mundschenk, reagierte als Erster.

„Awwer, des koann doch ned soin!"
Björn, eigentlich der lauteste von allen, der Jahr für Jahr die Kerblieder anstimmte, starrte stumm auf die Kiste.

„Ach, do hodd sich oaner blouß en bleede Scherz erlaabd. Machd aich ned verriggd. Vielleichd woarn des aa die Kerbbursche aus em Nachbardorf. Denne wärrn mer schunn uff de Zou fiele!"

Damit stoppte Frank das Gespräch.

Am nächsten Abend war die Feier in vollem Gang. Die Dorfgemeinschaft und weitere Gäste aus den umliegenden Odenwälder Ortschaften waren in das alte Gasthaus gekommen. Drinnen wurde zu verstaubten Schlagern getanzt und draußen, in der improvisierten Bar, schenkten die Kerbburschen Schnaps aus. Im Getränkelager hinter der Bar war Tim auf der Suche nach Apfelwein für den Ausschank im Gasthaus, als er hörte wie Frank und Kalle sich am Tresen flüsternd unterhielten.

„Unn, is dir ebbs uffgfalle? Hodd sich jemoand uffällich verhoalde?", fragte de Vadder.

„Noa, ned oannerschd als sunschd aa. Des machd mer Ängschde!", antwortete Kalle.

Frank packte ihn daraufhin an der Schulter.

„Jetzt verlier mer blouß ned die Nerve! Mer misse nur rausfinne wer des woar."

„Pschd, do kimmd Kunnschafd", warnte ihn Kalle mit Blick auf eine kleine Gruppe, die sich der Bar näherte.

Während beide die Gäste versorgten, schlich sich Tim unbemerkt aus dem Lager.

Kurz vor Mitternacht leerte de Vadder in einer Ecke des Gastraums allein einen Bembel Apfelwein. Als er Tim sah, winkte er ihn zu sich.

„Unn, wie leefds in de Bar?"

„Sind alle zufrieden. Ich hoffe, der Apfelschnaps reicht."

„Scheiß uff de Abbelschnaps, woas mache die oannern zwaa?"

„Naja, die sind, seitdem wir die Kiste geöffnet haben, ziemlich durch den Wind".

Frank lachte leise.

„Mache sich wäije sou em olwerne Scherz ins Hemm. Ned zu glaawe!"

„Aber warum sind sie so beunruhigt? Was hat es mit diesem Spiegel auf sich?"

Bevor Tim weitere Fragen stellen konnte, rief der Alleinunterhalter Frank mit einem Tusch auf die Bühne.

Am nächsten Morgen versammelte sich die halbe Dorfgemeinschaft in der kleinen Kapelle zum Festgottesdienst. Frank saß vorne neben dem Pfarrer. Björn und Kalle suchten sich müde und verkatert bewusst einen Platz in den hinteren Bänken. Kalle wirkte noch nervöser als am Tag zuvor.

„Ich solld ned hier soin."

„Wiesou ned?", fragte Björn.

„Ach, ich fiel mich hier oafach ned woul. In de Käische kimmd des alles wirrer houch."

„Woas kimmd wirrer houch? Hodd des ebbs mit dem Schbichl zu doun?", hakte Björn nach, wurde aber vom ersten Lied unterbrochen.

Die Hälfte der Kerbredd war vorbei. Frank präsentierte die Rede, wie immer, sicher und mit Augenzwinkern. Kalle prostete den Gästen, die begeistert applaudierten, zu.

„Des hädd em aa gfalle", murmelte Björn, der etwas abseits stand, vor sich hin.

„Wem?", fragte Tim, der plötzlich neben ihm aufgetaucht war.

Überrascht drehte sich Björn um.

„Woas? Ach, ich mussd nur oan en oalde Kumbel denge."

„Dein Kumpel, war das auch ein Kerbbursche?"

Zögerlich antwortete Björn: „Ehm ja, de Maddin. Der oarme Kerl hodd vor Joorn en schwere Unfall kadde. Unner de Verledzunge hodd er haid noch zu laide."

Noch während er redete, zuckte Björn zusammen, drehte sich um und eilte davon.

„Wo willst du denn hin?", schickte Tim ihm noch fragend hinterher.

Die Kerbredd war vorbei und die Gäste drängten sich vor dem Buffet mit selbstgebackenem Kuchen. Das gemeinsame

Kaffeetrinken war der Ausklang der Kerb. Tim war währenddessen dabei die Kiste, die später wieder vergraben werden sollte, neu zu befüllen. Den Autospiegel mit Zettel hatte er herausgenommen.

„Den Schbichel koannschde mer gäwwe", verlangte Frank, der gerade hinter Tim ins Getränkelager getreten war.

„Und was machst du damit?", wollte Tim wissen.

„Ach, den werf ich aafach in de Marbach-Stausee."

„Wirklich? Ich glaube, Björn ist dazu eben was eingefallen. Er hat mir von einem früheren Kerbburschen, dem Maddin erzählt. Der hatte wohl einen Unfall. Den hab' ich aber noch nie hier im Dorf gesehen."

„Mit em Maddin", wiegelte Frank ab, „hodd des sicher nix zu doun. Die Familie vumm Maddin is weggezooche. Ich hoab den schunn Joorn nimmäi gsäije."

Damit verließ de Vadder den Vorratsraum und rief Tim noch zu: „Mer treffe uns in zwaa Schdunn vorm Gasthaus und doann vergraawe mer die Kerb. Soach de oannern Bscheid!"

„Kalle, ward emol! Ich hobb noch gar ned mit em Mundschenk ougestouße!"

Björn, der etwas außer Atem wieder ins Gasthaus zurückgekehrt war, streckte Kalle, der seit der Kerbredd schwankend ging, ein Schnapsglas entgegen.

„Uff die Kerb unn die Kerbbursche!"

Beide prosteten sich zu. Nachdem sie den Schnaps getrunken hatten, trat Björn nahe an Kalle heran und flüsterte: „Jetzt waas ichs. De Schbichel hodd woas mit em Maddin seim Unfall an de Kerb vor zäjje Joor zu doun, gell?"

„Wie kimmdschd en do druff?", gab Kalle etwas zu schnell zurück.

„Woas is domoals bassierd?", drang Björn weiter auf ihn ein. Aber Kalle antwortete nicht, sondern trank mit glasigen Augen den restlichen Apfelschnaps.

„Wem is die Kerb?"

„Unser!"

Tim hatte die Kiste abgestellt und hob die Grube aus. Zum Vergraben der Kerb hatten sie einen Platz nicht weit vom

Gasthaus gefunden, so dass sie die Musik des Alleinunterhalters hören konnten.

Tim griff nach dem Deckel der Kiste, hielt dann aber inne und wandte sich an Frank: „Die Kerb verabschiedet de Vadder!"

Frank grinste kurz, öffnete den Deckel und erwiderte mit Blick auf Tim: „De Buu lernd schnell, den misse mer uns fer die kummende Joorn –"

In diesem Moment merkte er, dass etwas nicht stimmte. Er blickte in die Kiste. Dort lag nicht die erwartete Flasche Wein, sondern ein Foto. Es war schon etwas vergilbt, aber de Maddin war gut erkennbar. Er hatte einen kleinen Jungen auf dem Arm; seinen Bruder, wie Frank sich erinnerte.

„Und, erkennt ihr mich noch? Bin ein bisschen größer geworden in den letzten zehn Jahren", platzte es aus Tim mit Blick auf das Foto heraus.

Kalle stammelte aufgeregt: „De B … Brurer vumm M … Ma…", bevor er von Frank unterbrochen wurde.

„Woas willschde hier, Bürschje?"

„Ich glaube, ihr wisst ganz genau, was ich hier will. Ich war zwar noch klein damals, aber ich glaube nicht, dass de Maddin einen Unfall hatte!", gab Tim zurück.

„Woas de glaabschd is mer egal! Faggd is, doin bsoffene Brurer is mer ins Audo gelaafe. Do koann ich nix defier. Froach de Kalle, der woar debai!"

Kalle drehte sich zu Frank um und antwortete trotz des Alkohols im Blut ruhig: „Es werd Zeid, dass die Wuured oans Lichd kimmd. Als de Maddin domoals vunn de Kerb hoamgelaafe is, hoaschd du en uff de Schdroose gejoagd bis er nimmäi gekennd hodd. Irchendwoann is er oafach schdäingebliewe unn du bischd in en noigfoahrn. Unn ich hoab Joore loang fer dich gelooche, weil de mer Ängschde gemoachd hoa…"

„Des is doch ned woor!", unterbrach Frank ihn, und wandte sich hilfesuchend an Björn: „Saach dus em. Ich kennd doch koam ebbs oudoun!"

Björn blickte Frank direkt in die Augen.

„Ich wollds bis vorhin aa ned glaawe, dass des koan Unfall woar. Awwer du woarschd blinn vor Wud, weil der de Maddin an de Kerb die Freundin ausgeschbonnd hodd. Ich hoab vorhin mit ihr geredd. Es is vorbei. Die Kischde koann koaner vunn uns mäi schließe."

Nibelungentreue

Monika Deutsch (Lingenfeld)

An alles hatte ich gedacht: Dunkle Kleidung, Handschuhe, sogar das Wetter spielte mit. Und dann das. Fassungslos starrte ich auf meine rechte Hand. Dort, wo sonst der Ehering steckte, zeichnete sich ein heller Streifen ab. Ich musste den Ring auf Burg Rodenstein verloren haben, dort, wo Georg am Fuße der Mauer lag – oder schon vorher, als ich die Örtlichkeit inspizierte.

Meine Mutter durchschaute ihn gleich. „Ein Windhund, ein Gigolo ist er. Von einem schönen Teller wird man nicht satt", mahnte sie. Wie recht sie hatte, und auch Gitta, meine beste Freundin. „Ein schöner Mann gehört dir nie allein", seufzte sie. Da wusste ich noch nicht, dass Georg ebenfalls zu ihr ins Bett stieg. Erst, als mir der beauftragte Detektiv den Umschlag mit den eindeutigen Fotos übergab, endete unsere Freundschaft. Warum joggte sie auch immer in aller Herrgottsfrühe? Sogar im Winter, bei Eis und Schnee. Kein Wunder, dass sie von einem Auto erfasst wurde. Den von Tante Anne ausgeliehenen Wagen musste ich dann natürlich am gleichen Tag zu Schrott fahren. Kann ja mal passieren, Bremse mit Gaspedal zu verwechseln. Hauptsache, die Hauswand blieb heil.

Ich war dir immer treu, Nibelungentreue – bis in den Tod, deinem natürlich.

Nach und nach dünnten sich Georgs Bekanntschaften aus. Karin, die Frau vom Tennispartner Rudi, erlitt einen tödlichen Asthmaanfall. „Warum hat sie ihr Spray nicht bei sich gehabt? Ohne geht sie nie raus", jammerte Rudi an Karins Grab. Ja, das konnte ich bestätigen. Karin und ich aßen noch an dem unglückseligen Nachmittag im Café am Erbacher Schloss ein Eis. Da steckte das Asthmaspray noch in ihrer Handtasche.

Rita, ereilte das Unglück auf dem tollen Odenwald-Golfplatz, als sie nach einem verpatzten Schlag im hohen Gebüsch den kleinen weißen Ball suchte. Der Schlag mit Eisen Eins, auch 'Dicke Berta' genannt, traf sie genau an der Schläfe. Ein 'Hole in One', wie ich nicht ohne Stolz feststellte.

Leider gab es auch Kollateralschäden. Warum musste Georgs Freund Kai ausgerechnet an dem einen Tag den Wagen seiner Frau Gaby benutzen. Hätte er gewusst, in welchem Zustand sich die Bremsen befanden, wäre er bestimmt nicht mit dem Auto gefahren. Gaby nahm sich nach Kais Tod mit einer überhöhten Medikamentendosis das Leben. Kurz vorher hatte ich sie noch getröstet. Da bat sie mich, ich solle ihr eine Migränetablette auflösen. Die exklusive Villa der beiden konnte ich übrigens sehr günstig erwerben. Na ja, man fand Gaby erst ein paar Wochen später. Den eigenartigen Geruch im Haus musste ich monatelang mit den Düften aus den Parfumflakons überdecken, die Georg ihr geschenkt hatte.

Das nächste Haus, genauer gesagt, was davon übrigblieb, wollte ich nicht. Georgs Arbeitskollegin Sophie musste den Gasherd vergessen haben, auszustellen. Der Postbote, der an der Haustür klingelte, erlitt nur mittelschwere Verletzungen. Ich blickte auf den hellen Streifen meines Fingers. Unsere Eheringe waren einzigartig. Sie zierten nicht nur unsere eingravierten Namen mit Hochzeitsdatum, ihr Aussehen war das Besondere. Zwei verschlungene Drachen, Nibelungendrachen. Warum wolltest du nur die Scheidung?

„Etwas Ernstes", sagtest du. Musste es ausgerechnet Vaters Sekretärin sein? Vater lobte sie stets. Keine Überstunde sei ihr zu viel. Sie komme als Erste und gehe als Letzte. Doch dann erzählte er, wollte sie ständig frei haben, musste zu irgendwelchen Ärzten. Da ahnte ich, was passiert war.

Fünf Uhr am Morgen. Ob Georg schon gefunden worden war? Vielleicht von Wildschweinen. Die gönnte ich ihm von ganzem Herzen. Die Ungewissheit ließ mir keine Ruhe. Noch im Dunkeln lief ich den Weg zur Ruine hoch.

Wie viele Worte hatte es mich gekostet, Georg zu einem nächtlichen Spaziergang zur Burgruine zu überreden. „Unsere tolle Hochzeitsfeier im Hofgut drüben, weißt du noch?", begann ich.

„Hör auf mit dem Gesäusel. Was willst du?", fauchte er mich an.

Erst wollte er nicht mit mir auf der Mauer tanzen. „Komm", lockte ich ihn zur höchsten Stelle. „Der Erinnerungen wegen. Hier küssten wir uns das erste Mal. Und jetzt stehen wir hier gemeinsam das letzte Mal." Ich blickte zum Himmel. „Hat es eben geblitzt? Ein Gewitter? Da, wieder ein Blitz." Ich klammerte mich an Georg fest.

„Lass los! Bist du verrückt?" Er versuchte sich loszureißen. Da gab ich ihn frei. Ich schaute unten nicht nach ihm, den Anblick wollte ich mir ersparen.

Mobile Scheinwerfer tauchten die Burgmauern in gleißende Helligkeit. Man hatte ihn gefunden. Er musste noch kurz gelebt haben, denn er lag an einer anderen Stelle. Hatte sich wahrscheinlich dort hingeschleppt. Zeitungsreporter trafen ein. Unauffällig schob ich mich an den Mann mit dem Dackel heran. Aufgeregt berichtete er einem Polizisten von seinem Fund. „So wie der aussieht, muss der von ganz oben gefallen sein, Herr Kommissar. Mit dem Gesicht an den Bruchsteinen entlang." Er zeigte zur Mauerkrone. Der Beamte klopfte dem Rentner auf die Schulter. „Die Analyse überlassen Sie bitte uns." Der Alte schien wegen der Zurechtweisung beleidigt zu sein. Demonstrativ drehte er sich zu seinem Dackel hin. „Komm Hexe wir gehen."

Im abgesperrten Teil wurde ein eingepackter länglicher Gegenstand in einen Leichenwagen hineingeschoben. Dann gab es nichts mehr zu sehen.

Auf dem Weg nach Hause rumorte es in meinem Kopf. Ob die Polizei schon vor meiner Tür stand? Sollte ich zugeben, mit Georg auf der Burg gewesen zu sein? Ich musste eine Vermisstenanzeige aufgeben.

Dann war es soweit. Durch den Türspion blickte ich in zwei ernste Gesichter. Auf dem Parkplatz am Fuße der Burgmauer sei ein Mann tödlich aufgefunden worden. Es sei höchst wahrscheinlich mein Mann. „Es tut uns leid, Sie müssen ihn identifizieren." Es gelang mir, laut aufzustöhnen. Einer der Beamten reichte mir fürsorglich ein Glas Wasser. „Bei dem Sturz ist vor allem der Kopf in Mitleidenschaft gezogen worden. Aber unsere Rechtsmediziner sind wahre Könner", tröstete mich der Zweite. Die Polizisten waren wirklich sehr um mich bemüht. Sie begleiteten mich bis in den Keller des Instituts für Gerichtsmedizin. Der Kommissar erwartete mich bereits. „Mein Beileid", murmelte er. Ein Hauch von „Danke" kam über meine Lippen. Ich hatte mir fest vorgenommen,

Georg unbeschädigt in Erinnerung zu behalten. Als einen charmanten Filou mit gut gebautem, Fitness-gestähltem Körper. Deshalb schaute ich gar nicht genau hin, außerdem flossen mir die Tränen. Schon als Kind konnte ich auf Kommando heulen. Auf die Frage, ob das mein Gatte sei, nickte ich gequält. Kam es mir nur so vor, oder musterte mich der Kommissar wirklich eine Sekunde zu lang? Nervös zerrupfte ich mein Taschentuch.

In seinem Büro beantwortete ich geduldig seine Fragen. Reine Routine, meinte er. Froh, die Sache hinter mir zu haben, unterschrieb ich das Protokoll und schob sie dem Beamten zu. Wieder kam dieser seltsame Blick von ihm. „Hm!", räusperte er sich. „Ich habe da noch etwas für Sie." Aus dem Schreibtisch zog er einen Umschlag hervor. Heraus fiel mein Ring. „Den haben wir in der Nähe des Toten gefunden. Können Sie mir sagen, wie der da hingekommen ist?"

Das Blut rauschte in meinen Ohren. Ich schüttelte nur den Kopf.

Das Telefon auf dem Schreibtisch klingelte. „Her damit!", bellte der Beamte in den Hörer. Zwei Minuten später knallte er mir Fotos auf den Tisch. Wie beim Skat, einen Trumpf nach dem anderen. „Die steckten in der Jackentasche des Toten."

Ich sackte zusammen. Wollte es nicht wahrhaben. Das erste Bild zeigte, wie ich mich an Karins Handtasche zu schaffen machte. Auf dem nächsten Foto stand ich mit dem Golfschläger in schwungvoller Position hinter einer Frau. Ein weiteres zeigte mich rund fünfzehn Sekunden später, wie ich mich über mein Opfer beugte. Alle mit exaktem Datum samt Uhrzeit.

„Sie sind auch technisch versiert, wie ich sehe." Der Kommissar reichte zwei Bilder, auf denen ich mit einer Zange unter einem Kleinwagen hervorkroch. „Wollen Sie noch mehr sehen?"

Wenn ich das geahnt hätte. Georg musste ebenfalls einen Detektiv engagiert haben. Wollte er mich mit dem Material erpressen? So ein Mistkerl.

„Die Schuld am Tod Ihres Mannes können wir Ihnen nicht beweisen. Noch nicht!", bellte der Kommissar.

Aus und vorbei. Ich sagte nichts mehr. Georg war für mich gestorben, in doppelter Hinsicht. Mein Pflichtanwalt riet mir zu gestehen, die Beweise seien eindeutig. Mit gesenktem Kopf hörte ich mein Urteil. Den riss ich erst wieder hoch, als ich abgeführt wurde. An der Tür raunte mir ein Mann mit vertrauter Stimme zu: „Dass du mich hinuntergestoßen hast, verzeihe ich dir. Ich konnte mich an den Sträuchern festhalten. Du dachtest, es gewittert, als es blitzte. Der Detektiv, den ich zur Ruine bestellt hatte und der an der anderen Ecke des Gemäuers hockte und Bilder machte, stürzte im Dunkeln selbst ab. Ich nahm ihm seine Kamera ab, er brauchte sie nicht mehr. Aber dass du mich an seiner Stelle für tot erklärt hast, verzeihe ich dir nie.

Verschwunden im Odenwald

Sandra Eisenhauer-Schäfer (Lützelbach)

'Unbefugten ist das Betreten des Geländes untersagt!' stand auf alten, verrosteten Hinweisschildern, lange bevor Katja und Lisa überhaupt im tiefen Wald das Gebäude erblicken konnten. „Jetzt sind wir drei Stunden in dieser Hitze unterwegs, ist das die Plagerei wirklich wert?", nörgelte Katja. Viel lieber wäre sie mit ihrer Schwester nach Italien geflogen, Corona hatte ihre Pläne durchkreuzt. Stattdessen liefen sie irgendwo im nirgendwo dieses Waldes herum und suchten dieses bescheuerte alte Anwesen. Aber sie wollte nicht, dass Lisa alleine vom Campingplatz loszieht. Es ist ihr nichts Anderes übriggeblieben, als sie zu begleiten. „Oh, hör mal auf mit der Nörgelei Schwesterherz! Du glaubst gar nicht, was das für ein Adrenalinkick ist, wenn du erst mal drinnen bist. Übrigens, habe ich für heute Abend am See ein Date mit den vier süßen Typen vom Campingplatz klargemacht!", augenzwinkernd und mit einem verspielten Lächeln um ihre Lippen schaute sie dabei ihre Schwester an. „Und später können wir im Marbachstausee im Mondschein mit den vier noch baden." „Ohlala Lisa, mit den Jungs, endlich mal gute Nachrichten! Die sind echt heiß, überhaupt Marc! Ich stehe auf graue Strähnchen bei Männern!", grinsend und mit einem Juchzen liefen sie weiter.

'Achtung Videoüberwachung!' stand auf dem nächsten Schild. „Das ist fake, das olle Ding, die ist im Leben nicht an!", erklärte Lisa. Sie war schon immer die Taffere von beiden. Skeptisch beäugte Katja die Videokamera. „Bist du dir sicher?" „Sei nicht immer so misstrauisch, der rote Punkt ist doch gar nicht zu sehen!" „Ich sage dir, wenn die Polizei auftaucht, bin ich weg! Ich kann es mir in meinem Job als Beamtin nicht leisten, erwischt zu werden!" „Ja, ist ja gut, ich passe schon auf meine kleine süße Schwester auf!", Lisa zog ihr dabei sanft am Ohrläppchen. „Du bist aber auch immer so ängstlich, ich glaube, die haben dich auf der Geburtsstation vertauscht!" „Oh, na warte!", erwiderte Katja und rannte hinter ihrer Schwester her. Sie erwischte sie und gab ihr dabei einen Klaps auf den Po.

Beide schlüpften unter einem Stacheldraht hindurch. Endlich sahen sie das in die Jahre gekommene Gebäude vor sich. Lisa drehte sofort ihr erstes Video beim Anblick der riesigen Sandsteinvilla mit Rundbauten auf jeder Seite. Dachziegel lagen zerbrochen auf dem Vorplatz des Anwesens. „Merkwürdig, die Villa, die habe ich schon mal gesehen! Die sieht aus wie auf einer Zeichnung von Tante Marie! Da war das Anwesen aber top gepflegt mit einem wunderschönen Rosengarten!" Ein imposantes verrostetes Eisentor zeigte den Eingang. Ein paar goldfarbene Spuren waren darauf noch zu erkennen. Mit Graffitis besprüht stand „Ihr Mörder!" und „Irgendwann bekommen wir euch alle!" auf der Außenfassade. „Was zum Teufel soll das heißen, … Mörder?", aufgeregt sah Katja ihre Schwester an und wich ein Stück zurück. „Ach, ist doch egal was da steht, wir müssen da rein! Das haben bestimmt irgendwelche Spinner gesprüht!", antwortete sie mit funkelnden Augen, packte ihre Schwester am Arm und zog sie hinter sich her.

Lisa drückte den quietschenden Knauf des Tores herunter. Mit jedem weiteren Schritt wurde Katja immer mulmiger zumute. Sie konnten ihre Aufregung nicht verbergen und standen mit offenen Mündern auf dem Gelände. Erschrocken flatterten ein paar Tauben weg, die eine Unterkunft auf dem offenen Dachboden gefunden hatten. „Hotel Villa Waldesruh" stand auf einem Schild, das mit Grünspan überzogen und Einschusslöchern auf dem Boden lag.

„Komm mit zum Hintereingang!", Lisa zog dabei fest an der Hand von Katja. Sie zeigte auf ein kaputtes Kellerfenster: „Schnell, hier können wir rein! Beeile dich!", flüsterte sie aufgeregt. „Das ist doch nicht dein Ernst!" „Los, es wird dir schon gefallen!"

Aus dem Rucksack nahm Lisa die Stirnlampen heraus und stülpte sie Katja und sich über den Kopf. Katja nahm vorsorglich noch eine große Taschenlampe in die Hand. So fühlte sie sich etwas sicherer.

Ein eklig, verfaulter Geruch durchzog den riesigen Kellerraum. Katja rümpfte die Nase. Mit der Livecam filmte Lisa drauf los. „Liebe Community, schade, dass man noch keine Geruchsvideos drehen kann, dann hättet ihr mehr davon!", alberte Lisa neckisch in ihre Handykamera. „Heute haben wir uns endlich Zeit genommen, diesen Ort aufzusuchen! Auf dieses Gebäude bin ich durch einen Geheimtipp von einem Bekannten aufmerksam gemacht worden. Ich darf euch die Koordinaten dieses leerstehenden Anwesens nicht verraten! Leider soll alles Top-Secret bleiben, das habe ich ihm hoch und heilig versprechen müssen!"

Lisa fand einen alten Kühlschrank, den sie ohne mit der Wimper zu zucken öffnete. „Oh, lecker, schaut mal was wir hier haben, eine volle Rotweinflasche." Dabei blies sie den Staub von der Flasche und rubbelte am Etikett. „Ein 59er Jahrgang – könnte sogar etwas wert sein! Na ja, schade um den guten Tropfen, den lassen wir aber besser da! Ihr wisst ja, in verlassenen Gebäuden sollte nichts entwendet oder zerstört werden!", erklärte sie ihrer Community. „Leute, schaut mal, eine tote Ratte, zerquetscht im Kühlschrank, die Arme."

Angewidert von Lisas Erklärungen zog es Katja vor, weiter zu gehen. Aber der penetrante Geruch wurde nicht besser, im Gegenteil. Lisa fand unter vermoderten Leinentüchern Bilder. Die Bilderrahmen sahen sehr edel aus. Verdutzt stand sie da. „Ein Kinderbild…Katja, schau mal, das ist doch einer der Typen vom Campingplatz in jungen Jahren. Das ist Marc, der uns auf den Ort hier aufmerksam gemacht hat!", verängstigt stand Katja neben ihr. Verdutzt starrten sie auf das Bild. „Ja, du hast recht, das könnte er sein, lass uns lieber abhauen, die Sache ist komisch?" „Nein, jetzt wird es doch noch viel interessanter!" Da war es wieder das Funkeln in ihren Augen. Lisa, vielleicht haben die das geplant, dass wir hierherkommen sollen?", Katjas Stimme klang sehr entmutigt. In diesem Moment hörten sie Schritte. Zwei Typen hatten eine Auseinandersetzung. Sie kamen die Treppe vom Erdgeschoss herunter. „Das Anwesen bekommst du nicht, im Leben nicht! Da habe ich auch noch ein Wörtchen mitzureden!" Schnell versteckten sich die Schwestern und lauschten den Streitigkeiten. Die Männerstimmen verstummten plötzlich.

„Na ihr Beiden, haben wir euch endlich erwischt! Jetzt gibt es Rache! Darauf haben wir so lange gewartet," riefen die Typen vom Campingplatz und standen bewaffnet mit Baseballschlägern hinter ihnen! Sie bedrohten sie und schubsten sie in eine dunkle Ecke des Kellers. „Was wollt ihr von uns? Wir haben euch nichts getan! Hört auf damit!", schrie Lisa verzweifelt. „Ha, als wüsstet ihr das nicht!", rief Marc zynisch. „Was denn, was Marc,... was sollen wir wissen?", fragend und beängstigend zugleich schaute Lisa die Typen an. Katja versuchte sich hinter ihrer Schwester zu verstecken, ihre Stimme war weg. „Die haben wirklich keine Ahnung, die Kröten?", kopfschüttelnd schaute er den anderen an. „Eure Eltern waren angesehene Notare in Frankfurt." „Also, beschissene Halsabschneider trifft es wohl besser!", schrie der andere. „Klappe, ich rede!", dabei schlug er seinem Bruder hart mit dem Baseballschläger in die Magengrube. „Sie haben unserer Großmutter Ihren ganzen Besitz streitig gemacht! Diese Villa war einst ein Vermögen wert, bis Onkel Georg starb und euren Vater als Nachlassverwalter einsetzte, doch dieser Mistkerl wirtschaftete lieber in seine eigene Tasche und fälschte alle zugrundeliegenden Unterlagen, sodass der Besitz nie rechtmäßig vererbt werden konnte. Wenn ihr die Dokumente nicht unterschreibt, dann passiert euch das, was wir mit euren geldgierigen Eltern gemacht haben! 20 verdammt lange Jahre mussten vergehen, bis wir euch gefunden haben. Jetzt haben wir eine bruchreife Villa und schauen auf das Werk eines gierigen Frankfurter Notars. Der einzige Gegenwert ist dieser beschissene alte Campingplatz, auf dem nur alte, kurz vor dem Tod stehende Dauercamper ihr letztes Dasein fristen!", angewidert schauten sie die Schwestern kaltschnäuzig an. „Los, hier, unterschreibt jetzt!", mit vorgehaltenem Messer an der Kehle hielten sie beide fest.

Ausweglos und unter Tränen unterschrieben sie.
Vor über 20 Jahren verschwanden ihre leiblichen Eltern im Odenwald. Damals war der ganze Odenwaldkreis in Aufruhr und auf der Suche nach dem Frankfurter Pärchen. Es gab kein Lebenszeichen von ihnen und die Suche wurde irgendwann

eingestellt. Die Kinder wurden daraufhin als Babys bei Adoptiveltern untergebracht. Mit 10 Jahren wurde ihnen erklärt, dass sie adoptiert wurden und Zeitungsberichte und Videos vom Verschwinden ihrer Eltern gezeigt. „Habt ihr unsere Eltern getötet?", stammelte Katja verzweifelt unter Tränen. „Oh, sie heulen, die Kleinen, ja das haben wir! Schaut sie euch an, da drüben in der alten Truhe, da liegen sie!" „Ha, ja, dass was noch von ihnen übrig ist!", rief der andere gefühllos.

Bei dem Gedanken wurde Katja speiübel und sie musste sich übergeben.

Polzeigeheule war zu hören. Die Livecam hatte den Schwestern das Leben gerettet.

Ghost-Writer

Angela Flath (Höchst i. Odw.)

„Misstrauisch drehte Mia sich um. Einmal. Zweimal. Verfolgte sie da jemand oder bildete sie sich das nur ein? Hoffentlich wurde sie nicht paranoid. Aber bei den seltsamen Vorkommnissen in der letzten Zeit schien ihr nichts mehr unmöglich. Plötzlich legte sich eine eiskalte Hand um ihren Mund, sie wollte schreien, doch kein Laut kam über ihre Lippen. Dann wurde alles schwarz."

Meine Finger stoppen über der Tastatur meines Laptops. Zufrieden tippe ich auf „Speichern" und klappe den Bildschirm zu. Genug für heute geschrieben. Die Sonne strahlt in mein Gesicht und ich schließe für einen kurzen Moment meine Augen. Doch irgendwie fühle ich mich beobachtet. Aber nein, da war niemand - ich sitze ganz alleine auf meiner Lieblingsbank im Englischen Garten und schreibe an meinem neuesten Krimi. Ja, das wird es sein - ich bin noch zu gefesselt von der Geschichte, sodass ich Realität und Fiktion verwechsle. Denn dieser ist echt klasse. Nach einigen Krimis habe ich mich nun entschieden, etwas Neues zu wagen: Jeden Tag veröffentliche ich ein Teil meines Krimis auf meiner Website, sodass die Lesenden täglich auf die Folter gespannt werden und ich so das Interesse an mir steigern kann. Ich bin richtig gespannt, wie diese neue Art, ein Krimi zu veröffentlichen, ankommt, denn ein Happy End wird es bei mir nicht geben. Zufrieden stehe ich auf, packe meinen Laptop in meine Tasche und spaziere über die gewundenen Wege zum Ausgang des Parks, doch dieses seltsame Gefühl will einfach nicht verschwinden. Aber glücklicherweise entspringen solche schrecklichen Dinge nur meinen Gedanken. Nichts für die Wirklichkeit! Zu Hause angekommen, schließe ich die Tür meiner kleinen Wohnung am Stadtrand Michelstadts auf. Verblüfft stelle ich fest, dass die Türklinge nach unten hängt und ich die Tür ohne Schlüssel aufdrücken kann. Ein Einbruch! Langsam taste ich mich in die Wohnung vor. Es scheint nichts gestohlen oder beschädigt worden zu sein. Dennoch wähle ich die Nummer der Polizei und erstatte dem Beamten ausführlich Bericht, nachdem er eingetroffen war. „Fällt ihnen irgendetwas Ungewöhnliches auf? Haben Sie Feinde? Oder in letzter Zeit häufig auffällige Geschehnisse in ihrer Umgebung beobachten können?", bohrt der Polizist nach. Ich lache auf und antworte: „Nicht, dass ich wüsste. Solche Fragen stellen auch höchstens die Ermittler in meinen Geschichten!". Plötzlich läuft es mir eiskalt über den Rücken. Die Erkenntnis, dass in dem gestern erschienenen Abschnitt meines Krimis auf ähnliche Art und Weise bei meiner Protagonistin eingebrochen wurde, lässt mich erschaudern. Das ist doch Zufall!

Abends, gerade als ich es mir mit einer Dose Bembel - mit Abstand mein Lieblingsgetränk - auf der Couch mit einem Agatha-Christie-Krimi gemütlich gemacht habe, kommt Ben, mein Freund, nach Hause: „Na Schatz, alles klar?". Ich berichte ihm alles über den Einbruch, lasse aber die Parallelen zu meinem Krimi bewusst aus. Weder will ich ihn beunruhigen, noch möchte ich wie eine hysterische Diva wirken. Nein, ich muss wirklich lernen, Realität und Fiktion zu trennen.

Am nächsten Morgen stelle ich mit leicht mulmigem Gefühl das neue Kapitel online. Gestern wurde Mia bei einem Spaziergang durch den Wald verfolgt und von einem Unbekannten betäubt. Heute will ich sie als tapfere Frau ihrem Peiniger entkommen lassen, die Anspannung etwas auflockern, um nach einigen Cliffhangern zu einem horrenden Finale zu gelangen: Der Mord durch flüssigen Stickstoff, der die Lunge von innen vereist. Eine effektive Methode, um spurlos zu morden! Da ich als freie Autorin ganz individuelle Arbeitszeiten habe, ist Ben noch auf seiner Arbeit in der Molkerei Hüttenthal. Ich frage mich zwar, wie man mit solch einem Feuereifer wie er jeden Tag Milch zu anderen Produkten verarbeiten kann, aber freue mich, dass er liebt, was er tut. Denn seine Leidenschaft schmeckt man! Also ziehe ich mir meinen Parka über und beschließe, als Mittagspause einen kleinen Spaziergang zu machen. Draußen in der Natur kommen mir meist die besten Ideen für neue Geschichten. Doch auch heute fühle ich mich beobachtet und ertappe mich öfters beim Umdrehen. Irgendwann komme ich mir blöd vor und zwinge mich, geradeaus zu schauen und den herbstlich leuchtenden Wald vor Michelstadt zu bewundern, was mir wiedermal beweist, dass der Odenwald nicht umsonst für seine wunderschönen Wälder bekannt ist. Ein Knacken. Mit fliegenden Haaren drehe ich mich um, als sich eine kalte Hand vor meinen Mund schiebt. Ich spüre ein feuchtes Tuch und während ich langsam das Bewusstsein verliere, denke ich: „So viel Zufall kann doch gar nicht sein!".

Mit dröhnendem Schädel wache ich auf. Siedend heiß fällt mir der Überfall ein und ich schrecke hoch. Vor mir sitzt eine mittelgroße Gestalt, die eindeutig als Henker verkleidet ist. „Ausgeschlafen, Mia?", krächzt eine sonore Stimme. Mia - der Name meiner Protagonistin! Verängstigt wage ich zu fragen: „Wer sind Sie und warum verfolgen Sie mich?" Doch mein Gegenüber lacht nur auf: „Wie kommst du denn darauf, dass ich mit alledem zu tun habe? Ich bin doch nur ein armer Henker vom Beerfeldener Galgen, dessen Seele seit Jahren keine Ruhe findet." Er kommt mir wenig seriös rüber, aber was hatte ich auch von einem mittelalterlich verkleideten Henker alias „mein-Entführer" erwartet? Einen vollständigen Lebenslauf? So leicht machte ich es nicht mal den Ermittlern in meinen Geschichten! Wortlos überreichte er - ich war mir sicher, dass es ein Mann war, wegen der Finger - meinen Laptop. Ich wollte gar nicht wissen, woher er ihn hatte. „Schreiben Sie ruhig ihre Geschichte weiter. Ich störe doch nicht durch meine Anwesenheit?" Als ich vor Angst nicht reagierte, spricht er fast fürsorglich weiter: „Nun dann, meine liebe Mia. Von jetzt an, bestimme ich, wie deine kleine Geschichte weitergeht. Ich habe mich lange genug nach dir gerichtet." Und dann legt er los: Beschreibt mir haarklein, wie Mia in einem versteckten Keller in dem dunklen Forsthaus mitten im Englischen Garten tagelang gefangen gehalten wird - natürlich ohne Verpflegung. Sie darf nur ihren Liebsten telefonisch benachrichtigen, mehrere Tage kurzfristig verreist zu sein, um kein Misstrauen zu erwecken. Nach genau 72 Stunden, nach denen Mia völlig dehydriert aus einem Schlummer erwacht, kommt ihr Entführer und stellt ihr eine Dose Bembel, rettende Flüssigkeit, auf den Holztisch. Diese greift danach, doch als sie gerade ansetzten will, schlägt ihr eine Kugel die

Dose aus der Hand, sodass sie scheppernd zu Boden fällt. Gleichzeitig legt sich von hinten eine Schlinge um ihren Hals und zieht sich solange fest, bis sie keine Luft mehr bekommt und elendig erstickt. „Und währenddessen,", schließt mein Henker: „währenddessen, erzählt ihr Mörder ihr all seine Beweggründe als sei es ein Märchen." Nach drei Tagen ohne jedwede Versorgung fühle ich mich grauenvoll. Meine Kehle brennt, das Knurren meines Magens höre ich schon gar nicht mehr. Drei lange Tage, in denen ich alleine in meinem Gefängnis sitze, denn mein Laptop nahm der Verkleidete gleich nach der Fertigstellung wieder an sich. Ich hatte mein eigenes Ende verfasst! Zu wissen, wie es endet, ist ein schreckliches Gefühl, denn so sitze ich hier und warte auf meine Ermordung. Ben rief ich sofort an. Mit einer Pistole an der Schläfe gab ich vor, geschäftlich nach Berlin zu verreisen, wobei er mir erzählte, wie viral mein Krimi gegangen sei. Als ich mit den Worten „Bis bald, Schatz. Ich habe dich lieb.", endete, weinte ich hemmungslos, da ich wusste, dass dies meine Abschiedsworte gewesen waren.

Knallend stellt der Henker die Dose vor mich. Mir ist mittlerweile alles egal. Ich habe Kopfschmerzen, bekomme fast nichts mehr mit. Ich greife nach der Dose, denn mein Selbsterhaltungstrieb ist noch nicht vollständig erloschen. Ein wenig Hoffnung hat überlebt. Dann ertönt das Knallen und die Dose fliegt aus meiner Hand. Ängstlich warte ich auf das Seil, das dem Ganzen ein Ende bereiten sollte. Als es sich kalt um meinen Hals legt, beginnt der Henker zu erzählen: „Rache, meine Mia. Rache für deinen Erfolg als Autorin und meine fehlende Anerkennung. Das Skript von damals, das dir deinen Durchbruch ermöglichte, die Ideen dazu, stammen von mir. Doch des Schreibens bin ich nie mächtig gewesen. Zu ungerecht! Aber dies gleiche ich nun wieder aus." Nun wird mir alles klar - es ist Juri Beck. Ich wusste damals von der Herkunft des Skripts und setzte die wirklich brillanten Ideen nur schriftlich um. Dass der Verlag nur meinen Namen abdruckte und Juri völlig unterschlug, überraschte auch mich. Ich wollte gerade ansetzten, als das Seil in meine Haut schnitt, als es nochmal knallte und Juri mit aufgerissenen Augen nach vorne kippte. Halt, so stand das gar nicht im Skript! Hinter ihm sehe ich Ben mit einer Pistole stehen. Heftig atmend sagt er: „Kann man dich nicht einmal alleine Krimi schreiben lassen?" Da muss sogar ein Weichkäse-Fan wie ich gewalttätig werden!" Vor Erleichterung falle ich ihn in die Arme. Es gibt sie doch, die Happy Ends!

Hexenzauber

Jess Geiger (Dinslaken)

Es regnete und an den Stiefeln der jungen Frau klebte der Matsch schwer wie Ziegelsteine. Die graue Uniformjacke, die ihr Mann noch vor Tagen in der Gefangenschaft getragen hatte, war viel zu groß für sie. In der Neumondnacht stapfte sie, bewaffnet mit einem Spaten, durch den Garten und hob sieben Löcher aus. Danach ging sie zum Schuppen, zog mühselig einen schweren Leinensack heraus, schleifte ihn zu den Löchern und verteilte den Inhalt darin, Stück für Stück. Dann füllte sie diese mit einem weißen Pulver auf, das sie einem Zinkeimer entnahm. Zum Schluss bedeckte sie alles mit Erde und verriegelte den Schuppen.

Anfang der 70er Jahre zogen meine Eltern mit mir vom Ruhrgebiet in den Odenwald, aus einer Großstadt aufs Land. Mein Vater trat eine neue Stelle an, und ich wurde eingeschult. Nachdem wir das Haus bezogen hatten, schickte Mutter mich nach draußen: „Geh, und such Dir Freunde." Es ist nicht leicht, zu Kindern, die schon zusammen aufgewachsen sind, Kontakt zu finden. So dauerte es einige Zeit, bis ich Andrea und Karin kennenlernte. Sie brauchten eine dritte Person für ihr Lieblingsspiel *Vater-Mutter-Kind*, das sie meistens auf dem Bauernhof der Familie Kaffenberger spielten. Um dorthin zu gelangen, gingen wir bis zum Ende unserer Straße, bogen in einen Feldweg ein und nahmen dann auf dem Hof einen kleinen Holzschuppen in Beschlag. Die drei Kaffenberger-Kinder waren auch dabei, und die Zeit verging immer wie im Flug. Waren wir mal wieder spät dran, mussten wir auf dem kürzesten Weg nach Hause rennen. Hatten wir genug Zeit, nahmen wir gern einen riesigen Umweg. Zuerst führte er uns durch die Korn- und Rübenfelder. Wir liebten die strahlend blauen Kornblumen und die rot glühenden Mohnblumen. Hinter dem Wald ragte der Römische Wachturm über die Baumspitzen und verlieh dem Ganzen eine mittelalterliche Atmosphäre. Bisher kannte ich ja nur Industriebauten in der Größe. Ich fühlte mich wie in einer völlig anderen neuen Welt. Hinter dem Feld mussten wir noch an einem einsam stehenden Haus vorbei. Wenige Meter davor passierte immer etwas sehr Merkwürdiges. Andrea und Karin rasten los und jagten daran vorbei, als wäre jemand hinter ihnen her. Ich lief automatisch mit und versuchte, etwas Sonderbares zu entdecken, erblickte aber nur ein altes Häuschen, an dem die mausgraue Farbe abblätterte, mit vergilbten Gardinen an den Fenstern. Auf den Wiesen ringsherum sah ich uralte Obstbäume, Gänseblümchen und Maulwurfshügel. Überall standen Gartenwerkzeuge, Kisten und Eimer herum. Neben dem verfallenen Schuppen befand sich ein großer Holzblock, in dem ein Beil steckte. Es hatte etwas Verwunschenes und zog mich ebenso magisch an, wie es den Anderen Angst einflößte.

Aber es war nicht das Haus als solches, vor dem sie sich fürchteten. Eines Tages, als wir wieder wie von der Tarantel gestochen daran vorbeischossen, bewegte sich etwas hinter der Gardine im Erdgeschoss. Andrea und Karin schrien panisch auf: „Hilfe, die Hexe kommt!" und rannten wie um ihr Leben. An dem Tag weihten sie mich endlich ein und erzählten mir ihre Geschichte. Ich konnte es kaum fassen: Eine richtige Hexe in der Nachbarschaft zu haben, übertraf meine kühnsten Träume. Andrea, sowie ihre vier größeren Brüder, sollte sie bereits verflucht haben. Damals war sie mit einem langen, blitzendem Messer aus dem Haus gerannt und hatte jedem Kind, das ihr etwas aus ihrem wunderlichen Garten stibitzen wollte, angedroht, es aufzuspießen.

Abends machte ich es mir zur Gewohnheit, die Gespräche meiner Eltern durch die geschlossene Wohnzimmertür zu belauschen. Mutter erzählte meinem Vater regelmäßig, was sie über unsere neuen Nachbarn herausgefunden hatte. Eines Abends hörte ich endlich die ersten Geschichten über unsere Hexe, die Mutter allerdings als „die alte Lene" bezeichnete. Zuerst hatte sie gehört, dass die alte Lene ihren Mann im Krieg verloren hatte. Das war aber nur die eine Version, sagte sie, denn ab hier begann es mysteriös zu werden. Eine Nachbarin zum Beispiel könnte schwören, dass es nie einen offiziellen Bescheid gegeben hat, dass der Karl, Lenes Mann, wirklich gefallen war. Diese Nachbarin hatte schließlich damals auf dem kleinen Postamt gearbeitet und wusste immer genau, wer wann welche Post erhalten hatte. Und Lene hatte nie einen Brief aus Berlin bekommen. Aber auch Bauer Kaffenberger machte sich so seine Gedanken. Als er damals noch mit seinen Saufkumpanen regelmäßig selbst gebrannten Schnaps bis zum Umfallen trank, hatte er bei einem solchen Gelage einmal sehr geheimnisvoll getan. Er war felsenfest davon überzeugt, den armen Karl - Gott hab` ihn selig – noch einmal gesehen zu haben. Ein halbes Jahr nach dem angeblichen Bescheid hat er ihn in einer Vollmondnacht mit geschultertem Rucksack durch die Felder nach Hause laufen sehen. Allerdings sah Bauer Kaffenberger bei Vollmond so einiges. Aber wie das so ist mit Gerüchten, irgendetwas bleibt immer hängen. Und somit war für die Nachbarschaft alles klar: Lene hatte das so geplant. Bevor ihr Karl für vermisst erklärt werde, und somit als weder tot noch lebendig gelte, nehme sie die ganze Angelegenheit eben selbst in die Hand. Eine bessere Gelegenheit würde sich dafür nicht mehr bieten.

Bäuerin Kaffenberger war die einzige, zu der die alte Lene regelmäßig Kontakt hatte. Zu Lebzeiten hat die Bäuerin immer wieder betont, dass an dem ganzen Gerede nichts war, denn nach geraumer Zeit hätte Lene ihren Karl doch für tot erklären lassen können, warum sollte sie dann den Gefallenen-Bescheid erfunden haben? Bäuerin Kaffenberger konnte Lene gut verstehen, schließlich lebt es sich nicht gut mit einem Mann, dessen bester Freund der Alkohol ist, und wie oft hatte Lene ein blaues Auge nicht gänzlich verstecken können. Außerdem hasste Karl Kinder. Er stieß Lene sogar brutal die Treppe herunter, nachdem er mal nicht richtig aufgepasst hatte und sie schwanger wurde. Damit war das Thema Kinder ein für alle Mal erledigt.

Nachdem ich so viel Ungeheuerliches gehört hatte, beschloss ich, unsere mysteriöse Hexe heimlich ein bisschen zu beobachten. Direkt am nächsten Tag schlich ich durch das hohe Weizenfeld in die Nähe ihres Gartens. Ich versteckte mich am Ende ihres Grundstücks hinter einer Hecke. Kurz vor der Dämmerung sah ich sie: Eine kleine, gebückte Frau in Kittelschürze, mit weißen Haaren, die zu einem Knoten gebunden waren. In löchrigen, schluffigen Pantoffeln kam sie aus dem Haus und nahm ihre Wäsche von der Leine. Motiviert durch diesen Erfolg legte ich mich nun jeden Nachmittag auf die

Lauer, geschützt durch das dichte Gebüsch fühlte ich mich sicher. Um ihr Gesicht besser sehen zu können, nahm ich Vaters gutes Fernglas mit. So beobachtete ich sie, wie sie im Garten werkelte, oder das Fallobst auflas und in ihrer weiten Schürze sammelte - ich beobachtete eine alte, alleinstehende Dame bei ihren alltäglichen Aufgaben.

Manchmal kam sie mir bedrohlich nahe, um Garten- oder Küchenabfälle auf den Komposthaufen zu werfen. Danach öffnete sie ein großes, braunes Fass, holte mit einer Schippe eine Ladung Kalk heraus, hielt kurz inne, besah sich das weiße Pulver eingehend und lächelte vor sich hin. Seit ich sie das erste Mal so glücklich sah, alt und gebrechlich, aber mit einem sanften und auch zufriedenen Lächeln in ihrem kleinen, von Falten durchfurchten Gesicht, konnte ich sie nicht mehr als Hexe bezeichnen. Als ich sie zum letzten Mal beobachtete, sah ich, wie sie dem Fass erneut eine Schippe Kalk entnahm und hier und da im Garten ein kleines Häufchen verstreute. Mir schienen die Stellen willkürlich gewählt, aber sie ging zielstrebig, mit prüfendem Blick, auf jede einzelne zu. Sieben Stellen zählte ich. Die alte Lene wirkte so zufrieden, dass ich einfach nicht verstand, wie man ihr all die schlimmen Dinge zumuten konnte. Warum nur wurde sie von den Nachbarn so geschnitten, wurde immer noch über sie getuschelt?

Bis gestern hatte ich diese Kindheitserinnerung vergessen. Es gibt Dinge, die sich irgendwann beruhigen oder in Vergessenheit geraten. Aber gestern entschloss ich mich endlich dazu, in meinem Garten einen Kompost anzulegen. Mittlerweile wohnte ich in meiner neuen Heimat in der Nähe des Römischen Wachturms und fuhr zu einem nahe gelegenen Baumarkt. Nach langer Beratung empfahl mir der erfahrene Verkäufer: „Am besten nehmen Sie noch ungelöschten Kalk mit, damit verrottet alles ganz fix, da können sie sogar ein halbes Schwein drauf werfen. Wenn sie das gut mit dem Zeug bedecken, ist es nach ein paar Wochen komplett zersetzt." Mir wurde schwindelig. Blitzartig stand die alte Lene wieder vor mir, mit all den mysteriösen Gerüchten, und wie sie mit ihrem seligen Gesichtsausdruck und der kleinen Schippe freudig durch ihren Garten wuselte.

Bei Nachbarn weiß man eben nicht immer, woran man ist. Manchmal traut man ihnen zu viel zu, manchmal unterschätzt man sie. Wer weiß schon, an welchen Gerüchten etwas dran ist oder nicht? Und wie viel wollen wir wirklich über sie wissen?

Glück oder Kalkül?

Niklas Gentner (Aulendorf)

„Was? Nein? Das kann nicht wahr sein!", entfuhr es James. Er schüttelte ungläubig den Kopf und starrte mit weit aufgerissenen Augen die Zahlen auf seinem Handybildschirm an. Akribisch überprüfte er nochmals die Kreuzchen auf dem Schein.
„Ach du meine Güte!", flüsterte er. Es passte - jede einzelne der Lottozahlen stimmte mit seinen überein. Er hatte gewonnen!
Glücksüberströmt, aber unauffällig, sah er sich in seiner Stammkneipe „Gaststätte bei Dscho" in Michelstadt um, in der er einmal pro Woche einkehrte. Ein junges Paar hatte sich zu ihm herübergedreht, doch als er Blickkontakt mit ihnen hatte, schauten sie direkt wieder weg. Ebenso ein älterer Herr an der Bar. Die Leute an den anderen Tischen redeten ungestört weiter.
James wandte seine Augen zurück auf das Papier. Ein aufgeregtes Gefühl überkam ihn und sein Atem wurde schneller. Nie! - Niemals hätte er es für möglich gehalten.
Vorsichtshalber holte er das Asthmaspray aus der linken Tasche seines Mantels und legte es auf den Tisch.
Mehrere Minuten saß er mit einem breiten Lachen da. Er konnte es nicht fassen!
Dann stand er auf und lief am Tresen vorbei in Richtung Türe. Der Mann, der ihn vorhin angeschaut hatte, drehte für ein paar Sekunden erneut den Kopf zu ihm.
Draußen vor der Eingangstüre des Fachwerkhauses stand ein kräftiger Mann mit dunkelgrüner Wintermütze. Dieser führte gerade einen glimmenden Zigarillo an seinen Mund.
„Servus", sagte James. Der Rauchende nickte ihm kurz zu. Sofort wählte er mit dem Smartphone die Nummer seiner Frau Sandra.
„Ja, hi Schatz. Du wirst es nicht glauben. Ich habe eine...", begann James zu sprechen, doch seine Gemahlin unterbrach ihn.

Genervt schaute er zu dem anderen Mann und verdrehte die Augen. Sein Gegenüber zog verständnisvoll die Brauen hoch. Nach einigen Sekunden redete er wieder: „Ja, ich habe einen guten Wintermantel gekauft. Ein brauner, sehr bequem und warm. Ich trage ihn auch schon."

Er war froh, dass er das besagte Kleidungsstück überhaupt bekommen hatte, denn es war für ihn aufgrund seines beleibten Körpers nicht einfach, passende Klamotten zu finden. Nach diesen Worten verstummte er für einen Moment. Dann kam ihm ein leiser Seufzer über die Lippen.

„Beim Schulz. Outdoor Outlet", erklärte er. „Aber Schatz, ich rufe dich wegen etwas ganz anderem an." Nun wurde seine Stimme heller. „Ich habe eine Überraschung für dich, eine sehr überwältigende. Doch du musst dich noch gedulden. Wir gehen heute Abend zum Essen ins Rathausbräu, da werde ich es dir mitteilen."

„Nein, keine Fragen. Und mach dir darüber keine Gedanken, so ein teures Essen dürfen wir uns heute gönnen!"

Nachdem er aufgelegt hatte, steckte er die Hand in die rechte Manteltasche mit dem Lottoschein. Voller Vorfreude zog er diesen ein wenig heraus.

*

James und seine Frau wurden vom Kellner an einen Platz in der Mitte des edlen Restaurants geführt. Es waren viele Leute da, in Anzügen und schicken Kleidern. Die Lampen gaben ein mattes, gelbes Licht ab und sorgten für eine sehr entspannte Atmosphäre.

„Ohje James, was hast du nur zu Verbergen. Wir sind doch schon verheiratet", sagte Sandra, als sie ihre Jacke über die Lehne des Stuhls hängte. James tat es mit seinem braunen Mantel gleich.

„Jetzt mache es nicht so spannend. Warum sind wir heute hier?"

Er lächelte seine Gattin sanft an. „Nur Geduld. Lass uns erst einmal etwas zu Essen aussuchen. Wie gesagt, über den Preis brauchst du dir keine Gedanken machen!"

Während das Paar ihre Nasen in den Speisekarten vergruben, lief hinter Sandra ein Herr auf ihren Tisch zu.

Mit den Fingern hielt dieser einen Mantel fest, den er über seine Schulter gelegt hatte. Er ging direkt hinter ihrem Ehemann vorbei. Doch dabei streifte er mit der Hüfte an dessen Stuhl, weshalb James neueste Anschaffung herunterrutschte.

„Oh, Entschuldigung", sagte er und bückte sich schnell hinab. Zwei Sekunden später kam er wieder hoch und hängte das Kleidungsstück über die Lehne.

Das Paar war so beschäftigt mit der Essensauswahl, dass sie es gar nicht wirklich wahrgenommen hatten.

„Oh, ähm, kein Problem", murmelte James.

Kurz darauf erschien der Kellner und nahm ihre Bestellung auf.

Der baldige Multi-Millionär orderte ein Glas Rotwein, zur Vorspeise eine Gemüse-Suppe mit Soja und als Hauptgericht Fusilli-Nudeln mit Hummersauce und Flusskrebsen.

Nachdem der Kellner ihre Bestellung eingetippt hatte, wandte er sich ab. Dabei sah er etwas hinter James Stuhl auf dem Boden liegen

Er schaute irritiert, beugte sich und hob es auf. Dann ging er weiter.

*

„Das schmeckt hervorragend", sagte Sandra mit vollem Mund. „Aber jetzt sag endlich, wieso bist du so geheimnisvoll?"

Ihr Ehemann schaute auf. „Wunderbar, das ist, was das Essen beschreibt. Und den Grund, weshalb wir hier sind!" Das Grinsen auf seinem Gesicht reichte ihm bis zu den Ohren. „Mein Schatz, ich habe bei etwas richtiggelegen. Etwas, was unser Leben komplett verändern wird!"

Seine Frau schaute ihn verdutzt an.

„Ich hätte es nie für möglich gehalten, aber es ist tatsächlich geschehen." Währenddessen führte er die rechte Hand an seinen Mantel und griff in die Außentasche. „Ich habe", doch schlagartig stoppte er und hielt den Atem an.

„Was? Das... das kann nicht sein!", stammelte er.

Sandra schüttelte verwirrt den Kopf. „James? Was ist denn?"
Ihr Mann tastete hektisch die Tasche ab. „Wo...wo ist er?
Er... er war... er war hier drin!"
Seine Augen weiteten sich. Er stand auf und schaute in die
Manteltasche.
„Das... das kann nicht sein! Sandra, hast du... hast du...
ahhh!" Plötzlich riss er seine Hand an die Brust und begann,
wild nach Luft zu schnappen.
„Oh mein Gott!", schrie seine Frau und sprang zu ihm. „Wo
hast du es?!"
Ihr Mann ächzte nach Sauerstoff. Mit einem Finger zeigte er
auf die linke Seite seines Mantels.
Hastig griff sie in die Tasche - doch dort war nichts!
„James! Es ist nicht da!"
In seinen Augen flammte das pure Grauen auf. Er fiel auf die
Knie und versuchte, nach dem Kleidungsstück zu greifen.
Aber dabei stürzte er mitsamt dem Stuhl zu Boden. Panisch
schlug er den Mantel auf und mit letzter Kraft steckte er seine
Hände in die innenliegenden Taschen. Er fasste ins Leere!

*

Gegen 9 Uhr wurde James toter Körper in die Forensik-Ab-
teilung eingeliefert.
Der Arzt wartete bereits, als der Kriminalbeamte hereinkam.
„Der hatte vorgestern Abend im Rathausbräu in Michelstadt
wahrscheinlich sein Asthmaspray vergessen. Seine Frau
meinte, er hatte ihr von etwas erzählen wollen", erklärte der
Polizist. „Er hätte etwas richtig gehabt, doch als er es ihr zeigen wollte, sei es nicht mehr da gewesen. Daraufhin hatte er
direkt einen Anfall bekommen." Er schüttelte den Kopf.
„Was für ein Unglück!"
Der Gerichtsmediziner nickte: „Alles klar, ich schaue ihn mir
an."
„Ich denke nicht, dass du etwas finden wirst. Wir haben die
Gäste verhört, die zum Zeitpunkt des Anfalles anwesend waren oder die vorher mit einer Bankkarte gezahlt hatten. Keine
Person hatte gesehen, wie jemand das Spray aus seinem Mantel genommen oder etwas anderes getan hatte. Es hatte sich

auch niemand verdächtig verhalten. Die wenigen Kameras des Restaurants hatten den Platz des Toten nicht gefilmt, nur den Eingangsbereich. Auf deren Aufnahmen haben wir ebenfalls nichts Fragwürdiges erkannt. Aber vielleicht war etwas in sein Essen gemischt worden, das den Anfall ausgelöst hatte." Vom Pathologen kam nur ein kurzes Nicken. Danach machte er sich an die Arbeit.

*

Kurz nach 17 Uhr hatte der kräftige Mann die Obduktion abgeschlossen. Er trug „Keine forensischen Befunde, die auf ein Fremdverschulden des Todes hindeuten" in den Bericht ein. Im Anschluss ging er an seinen Spind und zog sich seine Arbeitsklamotten aus. Erst nahm er Jeans und Pulli heraus, dann einen neuen, braunen Mantel.

Bevor er sich auf den Heimweg machte, rauchte er noch einen seiner Zigarillos. An diesem Tag fuhr er nicht die übliche Strecke nach Michelstadt, sondern über Bad König, wo er auf dem Schloßplatz parkte.

Nachdem er den Motor abgestellt hatte, nahm er drei Rechnungen aus seinem Geldbeutel. Sie waren vom vorgestrigen Abend: eine vom „Dscho", die zweite vom „Schulz. Outdoor Outlet" und die dritte aus dem „Michelstädter Rathausbräu". Er hatte alle bar bezahlt.

Als nächstes setzte er sich seine dunkelgrüne Mütze auf und stieg aus dem Fahrzeug. Vom Parkplatz lief er hinüber zur Filiale der Deutschen Post. Währenddessen holte er aus der linken Tasche des Mantels ein Asthmaspray hervor. Zusammen mit den Rechnungen warf er es in einen Mülleimer - denn er hatte keine Erkrankung.

Die Mitarbeiterin der Postfiliale begrüßte ihn freundlich. Der Gerichtsmediziner suchte sich ein Urlaubsmagazin heraus, dann ging er zur Kasse. Dort griff er in die rechte Tasche des Mantels und brachte einen Lottozettel zum Vorschein. Nachdem die junge Frau diesen eingescannt hatte, schaute sie erstaunt auf: „Wow, da hatten Sie ja einen gewaltigen Glückstreffer!"

Vertrau mir

Stefanie Glenk (Heidelberg)

Die Worte sind in ihrem Kopf, doch je länger sie hier sitzt, desto weniger fühlt sie sie. Sie lehnt ihre Stirn an das kühle Glas des Zugfensters. Angst steigt in ihr auf; Angst, dass ihre Schwäche ihr ein weiteres Mal im Weg stehen wird. Sie versucht, sich auf ihren Atem zu konzentrieren, und blickt aus dem Fenster. Die Dampflok stampft vorbei an beschaulichen Örtchen und satten Wiesen, die jetzt im Frühjahr ein Teppich aus gelb leuchtenden Blumen sind. Der Wald treibt aus in frischem Grün und die Obstbäume tragen ein luftig-weißes Blütenkleid. An einem Bahnübergang warten Radfahrer und Wanderer. Kinder winken dem imposant rauchenden, schwarzen Ungetüm zu und der Zugführer macht ihnen die Freude und bläst dröhnend die Zugpfeife.

Sie fühlt sich alleine inmitten der allgemeinen Glückseligkeit um sie herum. Selbst das gleichförmige Rattern der Gleise kann ihren rasenden Herzschlag nicht beruhigen. Panik überfällt sie. Ihr wird heiß und sie bekommt kaum noch Luft. Hektisch stemmt sie sich aus den durchgesessenen Polstern, ihre Hände umklammern die im Laufe der Jahrzehnte blankgeriebenen Metallgriffe und sie schiebt das Fenster herunter. Eine warme Brise fährt in ihr Haar und trägt den Duft von Frühlingsblüten und feuchtem Gras mit sich. Sie schließt die Augen und genießt das Streicheln des Windes auf ihren Wangen wie eine Liebkosung – wie seine Liebkosung.

Sie gibt auf und lässt die Erinnerung zu an diesen Tag vor drei Jahren, an einen Ausflug mit Freundinnen mit eben diesem historischen Sonderzug durch den Odenwald, dem Odenwälder. Ihre kleine Gruppe war in Eberbach am Neckar eingestiegen, hatte Prosecco getrunken und unbeschwert gelacht und erzählt, wie Freundinnen es eben tun. Sie bemerkte ihn sofort, als er den Waggon betrat. Sein Haar war noch zerzaust vom Fahrtwind, der in den offenen Übergängen zwischen den Wagen blies. Ihre ganze Welt schrumpfte in diesem Moment zusammen auf die Stelle, an der er stand: groß, aufrecht und selbstbewusst. Und dann kam er direkt auf sie zu, hielt auffordernd ihren Blick und setzte sich neben sie, als wäre es die natürlichste Sache der Welt.

Sie seufzt und blickt gedankenverloren auf den leeren Platz neben sich. Natürlich fühlte sie sich damals geschmeichelt. Ein gut aussehender Mann hatte sie unter allen Frauen in diesem Zug ausgewählt und schenkte ihr seine Aufmerksamkeit. Es war um sie in kürzester Zeit geschehen – und ein Blick in seine Augen zeigte ihr, dass ihm das sehr wohl bewusst war. Eine Bewegung aus ihrem Augenwinkel reißt sie aus ihren Gedanken. Sofort weiß sie, dass er es ist. Wie damals kommt er langsam den Mittelgang entlang auf sie zu, sein Lächeln erinnert sie an eine hungrige Raubkatze und sie fragt sich, ob das schon damals so war. Noch immer sieht er gut aus und er weiß es. Eine junge Frau dreht sich um und sieht ihm nach, bis sich die Blicke der beiden Frauen kreuzen und die andere beschämt die Augen senkt und sich schnell abwendet. Doch die Frau am Fenster zuckt nur müde mit den Schultern. Genau genommen hat auch sie keinen Anspruch auf diesen Mann. Denn er teilt sein Leben mit einer anderen, so wie sie ihr Leben mit einem anderen Mann teilt.

Jetzt steht er direkt vor ihr, doch anstatt sich zu setzen, zieht er sie hoch in eine besitzergreifende Umarmung. Für einen Moment hängt sie steif in seinen Armen - und dann spürt sie, wie ihr Körper - dieser Verräter - auf seine Nähe reagiert. Ihre Entschlossenheit wankt. Zufällig berühren ihre Finger seinen Ehering. Er nimmt ihn nicht mehr ab, wenn sie sich treffen. Ein klares Zeichen für den Status ihrer Beziehung. Dieser Ring betoniert die Basis dessen, was sie beide teilen. Sie glaubt nicht, dass die andere von ihnen weiß. Was er ihr wohl erzählt, wenn sie sich treffen? Eine Geschäftsreise? Ein Treffen mit einem ehemaligen Schulfreund?

Doch letztendlich spielt das für sie keine Rolle. Denn das zwischen ihnen hat ohnehin keine Zukunft. Anfangs hatte sie die Energie ihrer Beziehung mitgerissen und hatte eine Tür geöffnet in eine Welt, die ihrem Alltag in keiner Weise glich. Ohne Familienpflichten oder Verantwortung. Es gab nur sie beide. Doch sie untergrub damit ihr bisheriges Leben, das sie auf keinen Fall verlieren wollte. Sie beichtete ihrem Mann alles und versuchte mehrfach, die Affäre zu beenden, doch sie war zu schwach und taumelte zurück zu dem Mann neben ihr wie eine Motte ins Licht. Doch damit ist jetzt Schluss; heute wird sie ihm sagen, dass es vorbei ist. Zu Hause hat sie mit ihrem Mann für diesen Moment geübt. Er will sie endlich wieder ganz für sich – und sie will zu ihm zurück. Seine Worte sind ihr Mantra: ‚Ich bin bei dir, vertrau mir.'

Endlich lässt er von ihr ab und setzt sich; er sieht sie an. Sie will es hinter sich bringen, denn sie weiß, sie hat nur eine Chance, wenn sie jetzt sofort mit der Tür ins Haus fällt. Wenn er sie nicht berührt, kann sie es schaffen, denkt sie. Doch er beugt sich zu ihr und ist ihr jetzt so nah, dass sie seinen Atem auf ihrer Wange spürt. ‚Ich bin bei dir, vertrau mir', flüstert die Stimme in ihrem Kopf. Sie sammelt all ihre Willenskraft und schiebt ihn von sich; ein erstaunter Blick tritt in seine Augen.

„Ich muss dir etwas sagen." Sie atmet tief ein.

Er hebt die Augenbrauen; er weiß, was sie sagen will.

„Wir können so nicht weitermachen", stößt sie schnell hervor, bevor sie der Mut verlässt.

Und er beginnt zu lachen; - er lacht tatsächlich, und sein Brustkorb bebt, als er sich mit einem überlegenen Lächeln zu ihr beugt und in ihr Ohr haucht: „Als ob du von mir loskommen könntest."

Sie ist wie erstarrt, sein Selbstbewusstsein ist beeindruckend, wie ein Fels, den nichts erschüttern kann. Sie riecht den Duft seiner Haut, sein warmer Atem jagt ihr eine Gänsehaut über den Körper und sie spürt, dass sie verloren hat, dass sie ein weiteres Mal versagt hat. Denn er hat absolut recht. Um sich zu sammeln, dreht sie sich von ihm weg und starrt aus dem Fenster – und er lässt ihr die Zeit. Er kennt dieses Spiel und weiß, dass sie einen Moment braucht, um ihre Wunden zu lecken, bevor sie zu ihm zurückkriechen wird. Sie versucht, die Telegrafenmasten zu zählen, die draußen vorbeihuschen, dann verschluckt die Dunkelheit eines Tunnels den Zug und sie spürt seine Finger in ihrem Nacken, die sanft zu kreisen beginnen. Zuckerbrot und Peitsche. Sie schließt die Augen und unterdrückt die aufsteigenden Tränen. Als sie sie wieder öffnet, passiert der Zug gerade ein einsames Häuschen aus

Klinkerstein, dann ein Aquädukt über ein tief eingeschnittenes Tal und fährt schließlich in den Bahnhof von Erbach ein. Und dort – vor dem Bahnhofsgebäude aus Sandstein mit seinem holzvertäfelten Obergeschoß und dem altdeutsch geschriebenen Namensschild – steht ihr Ehemann. Mit ernster Miene blickt er dem einfahrenden Zug entgegen, schaut suchend in die Fenster - und findet sie. Er sieht sie an und legt seine Hand langsam auf sein Herz. Seine Lippen formen die Worte: „Vertrau mir." Langsam gleitet der Zug an ihm vorbei und der weiße Rauch der Dampflok wabert um seine Gestalt, als wäre er ein Wesen aus einer anderen Welt.

Für einen Moment ist sie wie gelähmt, dann packt sie hastig den mitgebrachten Proviant aus und stellt die Behälter gedankenverloren auf den Tisch zwischen ihnen. Er bedient sich und schiebt sich genüsslich eine reif glänzende Erdbeere in den Mund. Sie runzelt die Stirn und ihr Blick wandert über das gedeckte Tischchen. Erdbeeren ekeln sie in einem Maße, dass sie sie nicht einmal anfassen möchte. Aber dort thronen sie auf einem Obstsalat, den sie sicher nicht in den Korb gepackt hat. In diesem Moment erinnert sie sich an den eigenartigen Blick ihres Mannes, als er heute Morgen am Bahnhof den Picknickkorb aus dem Kofferraum hob und sagte: „Vertrau mir. Alles wird wieder gut." Wie versteinert beobachtet sie, wie der Mann neben ihr den Obstsalat in sich hineinschaufelt. Sie selbst bekommt keinen Bissen hinunter und starrt wieder aus dem Fenster.

Draußen wechseln sich grüne Hügel mit dicht bewaldeten Hängen ab und sie lauscht halbherzig den Gesprächen um sie herum. Plötzlich ein Räuspern, ein kurzes Husten. Nervös fährt sie zu ihm herum. Er greift sich an den Hals und beugt sich vor. "Was ist das?", keucht er fassungslos. Ein Krächzen entrinnt seiner Kehle. Wie aus weiter Ferne sieht sie zu, wie ihr Liebhaber zu Boden sinkt und dort röchelnd liegen bleibt. Während er um Atem ringt, sieht sie wieder das Bild ihres Mannes vor sich, wie er langsam die Hand auf seine Brust legt. Vertrau mir.

Mit großen Augen starrt sie auf den sich in Krämpfen am Boden windenden Mann. Er sieht zu ihr auf und streckt hilfesuchend die Hand aus. Dahin sind seine Stärke, seine kalte Präsenz und die Macht, die er über sie hatte. Für einen Moment fühlt sie sich schlecht, als ein Gefühl der Erleichterung über sie hinwegschwemmt. Endlich frei! Mit zitternden Knien beugt sie sich zu ihm hinunter und haucht ihm – während sie in seine hervorquellenden Augen schaut – leise ins Ohr: "Mit uns beiden ist es aus und vorbei."

Zwei finstere Gesellen

Anne Grießer (Freiburg)

An manchen Tagen war die Luft über Beerfelden so rein, die Sicht so klar, der Duft von Wald und Feld so überwältigend würzig, dass die Rotkehlchen beim Tirilieren Purzelbäume schlugen, die Wildschweine zu ihrem eigenen Grunzen tanzten und sogar die Menschen, die vielleicht griesgrämigsten Lebewesen unter der Sonne, ein zahmes Lächeln auf den Lippen trugen.

An solchen Tagen klang das Summen der Bienen fröhlicher als üblich, die Schmetterlinge schimmerten bunter, die Bäche glucksten vergnügter – fast, als läge eine unsichtbare Glückswolke über dem Land.

Es war einer jener Tage, an dem der halbe Ort dem kleinen Hügel zustrebte, der sich westlich der Ansiedlung erhob. Dort oben, mit Ausblick auf die liebliche Umgebung, standen drei rote Sandsteinsäulen, mit Querbalken verbunden: der Galgen.

In das ausgelassene Geplauder der Menschen mischte sich das Wehklagen des Delinquenten, der in Kürze hier baumeln sollte, doch es konnte die übermütige Stimmung nicht trüben, ganz im Gegenteil, es untermalte nur die heitere Erwartung auf das ungewöhnliche Spektakel. Eine öffentliche Hinrichtung bekam man nur selten zu sehen, denn die Rechtsprechung der Grafen von Erbach war eher als milde zu bezeichnen.

Ein wenig im Hintergrund, von dichtbelaubten Lindenzweigen verborgen, hatten sich zwei finstere Gesellen eingefunden, um den herannahenden Zug zu beobachten.

„Schau sie dir nur an!", sagte der eine zum anderen. „Wie ihre Augen strahlen! Sie können es kaum erwarten, dass der Scharfrichter ihm den Strick um den Hals legt!"

„Na, da geht es ihnen genau wie uns!", erwiderte der zweite und stieß ein leises, keckerndes Lachen aus.

„Aber wir haben einen guten Grund dafür! Sie nicht. Bei ihnen ist es reine Sensationslust."

„Ach, es ist ein Jammer. Die Menschheit ist roh und eigennützig."

Der Zug hatte den Richtplatz erreicht und die Zuschauer packten ihre mitgebrachten süßen Brote aus, die der Bäcker anlässlich des großen Tages extra zubereitet hatte. Ihre Wangen waren rosig, ein lauer Wind strich durch ihre Haare. Nur der Verurteilte sah blass aus, blass und kränklich. Auch wollten seine Beine ihn nicht recht tragen.

„Sie haben ihn peinlich befragt", sagte der größere der beiden dunklen Kerle.

„Oh, ja. Streckbank, Daumenquetsche. Das volle Programm. Scheußliche Sache." Seine Stimme klang alles andere als bekümmert.

Der Missetäter wurde auf den Boden geworfen, man zwang ihn, vor einem in die Erde gesenkten steinernen Kreuz niederzuknien. Mit angemessenem Pomp und feierlichem Blick trat der Priester an ihn heran. „Nun", sagte er ernst. „Sofern du deine Sünden bereust, kann ich dir die Absolution erteilen, damit du geläutert vor das Antlitz des Herrn trittst."

Der Todeskandidat begann zu zittern und brach schließlich in Tränen aus. „Lasst Gnade vor Recht ergehen!", rief er. „Ich war es doch nicht!"

Die beiden finsteren Gesellen sahen einander an.

„Würdelos", zischte der kleinere.

„Erbärmlich", bestätigte der andere.

„Du hast gestanden, Elender!", sagte der Pfarrer kalt.

„Hochwürden, selbst Ihr würdet unter der Folter Verbrechen gestehen, die Ihr gar nicht begangen habt!"

Ein begeistertes Raunen ging durch die Reihen der Zuschauer. Der Verurteilte wagte es, den Pfarrer zu beleidigen! Manch einer vergaß vor Vergnügen, in seine Stulle zu beißen und hoffte, das unterhaltsame Spektakel möge sich noch eine Zeitlang hinziehen.

„Er hat mit der Schuster Marie aus Airlenbach Ehebruch begangen!", keifte ein dickes Weib aus der Menge. „Ich habe sie selbst im Gebüsch erwischt!"

Einer der finsteren Gesellen nickt. „Das kann ich bestätigen", raunte er seinem Kumpan zu. „Ich habe sie auch gesehen."

„Na, kein Wunder! Seine eigene Alte hat keinen Zahn mehr im Mund, seit ein Gaul sie mit seinen Hufen erwischt hat. Und auch sonst ist wenig Appetitliches an ihr."

Dem Delinquenten lief noch immer Wasser aus den Augen und Rotz aus der Nase. Seine Stimme klang hoch und hysterisch wie die eines Weibes.

„Das leugne ich ja gar nicht! Die Marie und ich, wir mögen uns eben! Wir haben uns ein bisschen Wärme geschenkt, weil unsere Eheleute es nicht taten. Wenn der Herr uns deshalb verurteilt, nehme ich seinen Schiedsspruch demütig an. Darauf steht jedoch nicht die Todesstrafe!"

Die Zuschauer hielten gebannt den Atem an und der Pfarrer wiegte nachdenklich den Kopf, als wolle er die Worte des Todgeweihten abwägen.

Dieser schöpfte neuen Mut. „Sagte nicht Jesus selbst im Johannesevangelium: Wer unter euch ohne Sünde ist, werfe den ersten Stein?"

„Schweig!", fuhr der Pfarrer ihn an, während der Scharfrichter seine Ungeduld nur mühsam verbergen konnte. Ihm dauerte das ganze Prozedere entschieden zu lang.

„Er packt sie an ihrem eigenen Schopf", sagte einer der beiden Beobachter anerkennend. „Siehst du, wie unwohl sich einige von ihnen fühlen? Wahrscheinlich hat gut die Hälfte von ihnen selbst schon Ehebruch begangen."

„Das ist unklug von ihm", bemerkte der andere. „Sie wollen schließlich keinen Spiegel vor die Nase gehalten bekommen. Keiner von ihnen will an seine eigenen Schandtaten erinnert werden. Sie sind froh, dass es nicht sie, sondern einen anderen getroffen hat."

„An dir ist wahrlich ein Philosoph verlorengegangen, mein Freund", spottete der erste und dann lachten sie beide herzhaft.

Mühsam hatte sich der Verurteilte inzwischen aufgerappelt.

„Den kostbaren Ring des Schusters habe ich nicht gestohlen, das schwöre ich bei allem, was mir heilig ist!"

Die Menge stöhnte begeistert auf. Es kam immer besser! Ein Dieb, der im Anblick des Galgens sein Geständnis widerrief! Konnte man noch mehr Dramatik erwarten?

Auch die beiden finsteren Gesellen beugten sich nun gespannt nach vorne. Der kleinere von ihnen trat nervös von einem Bein aufs andere.

„Sie werden ihn doch nicht freilassen?", argwöhnte er. „Das wäre ein harter Schlag für uns!"

„Keine Sorge, mein Freund. Sie haben noch nie einen laufenlassen, wenn er erst einmal hier oben war. Sie werden es auch heute nicht tun."

Im selben Moment flog ein fauler Apfel durch die Luft und traf den Hinterkopf des Todeskandidaten, wo er zerplatzte und eine matschige Spur hinterließ. Augenblicklich löste sich die angespannte Atmosphäre in Wohlgefallen auf.

„Lügner!", rief das dicke Weib von vorher.

„Feigling!", mischte sich ein älterer Mann mit rot unterlaufenen Augen ein. „In der Hölle sollst du schmoren!"

Der Pfarrer senkte resigniert den Kopf. „Herr", betete er. „Sei seiner Seele gnädig." Dann gab er dem Scharfrichter das Zeichen, seines Amtes zu walten

„Siehst du", sagte der größere der beiden Kerle zufrieden. „Sie glauben ihm nicht."

Der Kleinere keckerte. „Nein. Sie wollen ihm auch gar nicht glauben. Sie wollen ja nicht um ihr großartiges Schauspiel betrogen werden! Um den wohligen Schauer, der ihnen gleich über den Rücken laufen wird, wenn das Seil ihm das Genick bricht."

„Es ist ein Jammer mit den Menschen", bestätigte der größere. „Immer denken sie nur an ihr Vergnügen!"

„Sollen wir sie auf die Probe stellen?", schlug der kleinere scherzhaft vor. „Ich könnte sie zu dem Nest führen, in dem der fehlende Ring liegt, den der arme Kerl dort am Galgen nicht gestohlen hat."

„Bist du verrückt geworden? Am Ende begnadigen sie ihn tatsächlich und wir haben das Nachsehen!"

Schweigend betrachteten die beiden Gesellen, wie der Scharfrichter das Seil um den Hals des Unschuldigen legte und ihn dann von dem erhöhten Tritt stieß und damit ins Jenseits beförderte.

Die Menge jubelte und lautes Stimmengewirr erhob sich.

Niemand achtete auf die beiden dunklen Kumpane, die von ihrem Ast auf dem Lindenbaum aufflogen, um sich die ersehnten Leckerbissen zu holen. Der größere der beiden pickte das linke Auge des Gehenkten heraus, der kleinere das rechte. Wie Raben es eben ihrer Natur nach tun.

Angelfreunde

Brigitte Gruber (Heilbronn)

In der Ruhe liegt die Kraft. Das weiß jeder Angler. Und ich bin ruhig geblieben, sogar dann noch, als die Polizei mit der Leichenangel den Marbach-Stausee abgesucht hat. Aber der Reihe nach.

An dem gewissen Morgen stehen fremde Männerschuhe im Flur, als ich überraschenderweise nochmal nach Hause komme. Zum Glück habe ich nicht geklingelt, wie ich es manchmal zu tun pflege, auch wenn ich den Schlüssel dabeihabe. Also lausche ich Richtung Schlafzimmer und sehe gleichzeitig die Schuhe meines Rivalen direkt neben meinen ausgelatschten Hausschuhen stehen. Bei diesem Anblick packt mich der Zorn: Es ist, als ob eine Jacht neben meinem Fischerboot aufkreuzen und Netze auswerfen würde. Man fischt nicht im fremden Revier. So viel ist sicher. Kurz bevor ich mit geballten Fäusten zum Angriff übergehe, schaffe ich es, die Flut von Adrenalin zu bezwingen und mit versteinertem Gesicht ganz leise die Haustür hinter mir zuzuziehen, die Straße zu überqueren und versteckt Position zu beziehen. Ganz stolz bin ich auf mich, denn die Zeiten des Neandertalers sind vorbei. Es wäre zu primitiv, diesem Herrn einfach den Schädel einzuschlagen. Und so überlege ich erst mal. Es könnte durchaus sein, dass meine um mehr als 18 Jahre jüngere Frau unzufrieden ist. Frisch verliebt lief die gewisse Sache ja ganz gut von meiner Seite aus, aber inzwischen...naja. Vielleicht nörgelt sie deswegen über jede Kleinigkeit an mir herum und weil mir stumme Fische viel lieber als weibliches Gequassel sind, bin ich Mitglied im Petri Heil Mümlingtal geworden und verbringe jede freie Minute in aller Ruhe beim Angeln. Mitten in meinen Überlegungen öffnet sich plötzlich die Haustür. Kurz bleibt mir das Herz stehen. Dass man sich auf Frauen nicht verlassen kann, habe ich schon immer gewusst, aber die Vorstellung von meinem besten Angelfreund derart hintergangen zu werden, war für mich unvorstellbar. Meine Hand schießt zum Brustkorb: So fühlt sich ein Fisch, den man mit einem Herzstich tötet.

Meine Vera…sie wird später bemerken, dass mein Handy den ganzen Tag im Flur liegen geblieben ist. Aber dass meine Vergesslichkeit der Grund meiner von ihr unbemerkten außerplanmäßigen Rückkehr gewesen ist und alle folgenden Ereignisse bedingen wird, kann sie nicht ahnen. Darüber bin ich überaus froh.

Als ich endlich mit großer Verspätung am idyllischen Stausee in mein Boot steige und dann so auf dem Querbrett im Heck meiner Zille sitze, die grünen Bergkuppen des Schnappgalgens und des Geisbergs über dem Morgennebel vor meinen Augen vorbeiziehen und die schwarzen Kormorane neben mir ins Wasser stoßen, fällt es mir wie Schuppen von den Augen. Als Vera im August mit ihrem Fiesta in Erbach mitten im Städtel diesen Parkrempler hatte und die Stoßstange samt Rücklicht ausgewechselt werden musste, habe ich selbst dummerweise Rolf ins Spiel gebracht, weil er seine einsamen Abende als Witwer nur zu gerne mit dem Schrauben an Autos zubringt. Ich gebe Vollgas, schieße über den fast eineinhalb Kilometer langen See hinweg, immer wieder vom nördlichen Ufer an der Insel vorbei bis hinunter zum Stauwehr, wie ein Irrer bis ich weiß, was zu tun ist. Ich drossle den Außenborder und ziehe meine am Abend zuvor ausgelegten Netze vom Grund herauf, lege die drei Rotaugen zusammen mit den sieben Brassen und dem Wels in den mit Wasser gefüllten Plastikeimer. Meine Hände sind fast steif vor Kälte, meine rote Nase tropft. Aber innerlich koche ich vor Wut, lege mein scharfes Fischmesser zurecht, hole den Verbandskasten aus der Aluminiumkiste, ziele genau und steche mir mit voller Wucht in den Hautlappen zwischen Zeigefinger und Daumen. Das Blut spritzt auf meine Hose und der notdürftig angelegte Mullverband ist nach kürzester Zeit tiefrot. Es tut teuflisch weh, aber was sein muss, muss sein.

Zuhause angekommen antworte ich nicht auf Veras Frage, was um Himmels willen ich denn mit meiner Hand angestellt habe, sondern greife sofort zum Telefon, wähle Rolfs Nummer und frage ihn, ob er wohl so freundlich wäre mir heute Abend beim Nachtangeln behilflich zu sein, da meine linke Hand wegen einer dummen Ungeschicklichkeit unbrauchbar geworden ist. Ich verkneife mir die Frage, ob er etwas Besseres vorhat. Nach kurzem Zögern willigt er ein. 22 Uhr direkt am Bootsanleger Marbach-Stausee.

Von dem Zeitpunkt an wirkt Vera nervös, lässt sogar die Rotaugen anbrennen und strengt sich mächtig an, nicht ständig auf die Uhr zu schauen. Auch für mich ist es anstrengend, nach außen hin vollkommen ruhig zu wirken, mein gewohntes Nickerchen am Nachmittag auf der Couch zu absolvieren und einfach alles wie an jedem Samstag zu machen und dabei doch im Kopf immer und immer wieder meinen Plan zu durchdenken. Es darf ja nichts schiefgehen. Ja wirklich, ich will äußerst vorsichtig sein, denn ich bin Angler aus Leidenschaft und weil auf Mord lebenslänglich steht, würde ich für den Rest meines Lebens im Gefängnis höchstens noch ein paar Fischstäbchen mit klebrigem Kartoffelbrei zu sehen bekommen. Also heißt es: Aufpassen!

Als ich an diesem Abend von der Couch aufstehe und mich von Vera mit einem Küsschen verabschiede, begibt sie sich nicht wie an allen anderen Abenden sofort gähnend zu Bett, sondern wuchtet einen übervollen Wäschekorb ins Wohnzimmer und fängt wie wild an zu bügeln. Mein bevorstehendes Zusammentreffen mit Rolf scheint eine Folter für sie zu sein, was mich überaus freut. Auch als ich die Haustür öffne und in die von dichtem Nebel verhangene Nacht hinaustrete, könnte ich juchzen vor Freude. Die Sicht beträgt unter zwei Metern, also beste Voraussetzungen. Rolf ist pünktlich. Und außerdem nervös. Er pafft schlotternd eine Zigarette nach der anderen und fragt mindestens zehnmal hintereinander, ob mir auch so eiskalt sei wie ihm. Ich schüttle nur den Kopf und sage:

„Du übernimmst das Ruder! Wir müssen bis zur Staumauer!"

„Wieso? Angeln wir nicht Karpfen oben am Nordufer?"

„Nee....wir fahren zur tiefsten Stelle im See. Heut Nacht stehen Brassen auf dem Programm. In der Köderdose winden sich herrlich fette Würmer."

Der Nebel hängt inzwischen über dem Wasser wie ein schweres undurchsichtiges Leichentuch. Ich lege den Totschläger am Schiffsboden bereit und wir tuckern schweigsam durch die feuchtkalte Nacht. Ich passe höllisch auf, ob andere Angler auftauchen. Zum Glück scheinen wir alleine zu sein. Es ist gespenstisch dunkel und still. Man hört nur die Wellen am Bug und das leise Schnurren des Außenborders. Plötzlich schaltet Rolf auf Leerlauf, hustet nervös und sagt: „Ich muss dir was sagen…" Diese Nacht wird tatsächlich die am meisten kräftezehrende und außergewöhnlichste meines Lebens. Aber in der Ruhe liegt die Kraft und ich bin ruhig geblieben, auch als ich einen allerletzten Blick auf die Leiche geworfen habe. Kein schöner Anblick, wirklich. Der dichte Herbstnebel hält sich übrigens hartnäckig über dem Odenwald. Das spielt aber keine Rolle mehr. Nur ich muss meine Rolle noch gut spielen und dazu strenge ich mich mächtig an, als Oberkommissar Moll von der Regionalen Kriminalinspektion Erbach mich mit gerunzelter Stirn und leicht zur Seite geneigtem Kopf anstarrt, während er langsam und sehr deutlich meine eigenen Worte wiederholt: „Frau Vera Scharnagel ist seit 48 Stunden spurlos verschwunden?"

Ich nicke mit bewusst nach unten gezogenen Mundwinkeln, ziehe mein in Zwiebelwasser getränktes Taschentuch aus der Hosentasche und reibe mir damit die Augen. Ob mir der Kommissar die Show abnimmt, ist nicht ganz klar, jedoch setzt sich wie in allen solchen Fällen eine bestimmte Maschinerie in Gang. Aber auch ausgiebige Ermittlungen, eine große Suchaktion der Rettungshunde Bergstraße-Odenwald vom Beerfelder Galgen bis hinüber zum Ebersberger Felsenmeer, eine Hausdurchsuchung in aller Herrgottsfrühe bei mir zuhause und eine tagelange Leichensuche mit Tauchern, Leichenangeln und Sonargeräten im Stausee und sogar im Angelteich Hüttenthal führen zu keinen erhellenden Ergebnissen. Die Polizei tappt im Dunkeln, vermutet jedoch Mord. Und spricht ausdrücklich von mir als dringend Tatverdächtigen. Ich allerdings bestreite vehement jede Anschuldigung, umso überzeugender je mehr ich an Fischstäbchen mit Kartoffelbrei denke. Zum Glück kommt es bei Mord ohne Leiche und ohne die geringsten Indizien zu keiner Anklage.

Rolf und ich genießen inzwischen unsere nun wieder regelmäßigen Angelstunden am Marbach-Stausee, sprechen nur hinter vorgehaltener Hand und wenn weit und breit kein anderes Boot in der Nähe ist über die Mordnacht. Wir sind uns einig, um alle Frauen in Zukunft einen großen Bogen zu machen, egal ob als nörgelnde Ehefrau oder klammernde Geliebte. Und wenn je herauskommen sollte, wo Veras letzte Ruhestätte ist, werden wir dem Richter erzählen, dass wir im Grunde gute Männer sind. Denn, genau wie andere Menschen frische Blumen auf das Grab ihrer Lieben legen, bringen wir unserer Vera täglich einen frischen Fisch. Sie liegt nämlich schön flach einbetoniert unter dem weiß gefliesten, wassergefüllten Fischbecken im Keller meines Hauses in Oberzent im Friedhofsweg.

Die Bestie von Beerfelden

Matthias Haak (Bonn)

Der Abend dämmerte schon, als sie endlich die Stelle am Waldrand erreichte. Knirschend kam das Auto auf dem Kies zum Stehen und die letzten Töne im Radio verklangen. Das Licht der Scheinwerfer zeichnete fahle Schatten zwischen die Bäume und tauchte kurz die Schemen zweier weiterer Personen in ein helles Licht. Man wartete schon auf sie. Ruhig atmete sie durch, erinnerte sich selbst, warum sie hier war. Nervös trommelten ihre Finger auf dem Lenkrad, dann holte sie ein letztes Mal tief Luft und öffnete die Fahrertür.

„Hier ist das Auto, Chef“, wies Marie ihn auf das Offensichtliche hin.
Ein ordnungsgemäß abgestellter PKW am Rande des Waldes.
„Habt ihr das Kennzeichen überprüft?“
„Ja, es ist zugelassen auf eine gewisse Laura Schnitzer, wohnhaft in München.“
„München?“ Kommissar Hammerwick stutzte und warf nun erstmals selbst einen Blick auf das Nummernschild. „Ganz schöne Entfernung zum Odenwald.“
Missmutig betrachtete er den aufgeweichten Boden. Es hatte die letzten Tage fast ununterbrochen geregnet. Die Spurensicherung würde keine leichte Arbeit haben.
„Sie ist ausgestiegen und von hier weiter in den Wald gegangen“, fuhr Marie fort.

Zuerst war sie überrascht, dass die beiden Männer nicht die zu sein schienen, die sie erwartet hatte; was sie ihr aber erzählten, machte sie mehr als misstrauisch.
Im dämmrigen Licht konnte sie nicht viel erkennen und die Situation wurde ihr zunehmend unheimlich.
Bleib ruhig, ermahnte sie sich selbst zum wiederholten Male.
Vorsichtig tastete sie nach dem Pfefferspray in ihrer Jackentasche. Es war noch da ebenso wie die Tüte mit dem Geld.
Ein leichter Nieselregen hatte eingesetzt.

„Verdammt, wann kommt der Bastard endlich?", fluchte einer der beiden Männer, ein schlanker, hagerer Kerl. „Er kommt schon noch", antwortet ihm der andere, der etwas kleiner war. „Wird uns wohl kaum umsonst hier antanzen lassen." Kurz flackerte der schwache Schein eines Feuerzeugs auf und beleuchtete gerissene Lippen, zwischen die sich zitternd eine Zigarette geschoben hatte. Langsam stieg der dunstige Rauch dem Regen entgegen.

Der Wald machte Geräusche. Sie war schon ewig nicht mehr hier gewesen. Hatte ganz bewusst diesen Ort, diesen Wald gemieden. Früher als Kind hatte man ihr immer gruselige Geschichten darüber erzählt, vor allem über den Galgen, der ganz in der Nähe noch an lang vergangenes Unheil erinnerte. Lang vergangen...

Irgendwo schrie ein Käuzchen und sie zuckte unwillkürlich zusammen.

„Wer sind die anderen Opfer?"

„Zwei Männer, Peter Lensing und Michael Honneberg. Kommen beide auch nicht von hier, scheinen keine Verbindung zueinander zu haben. Ihre Autos stehen weiter unten."

„Hm", machte er nur und beugte sich zum feuchten Waldboden. Eine einzelne Zigarette blickte ihm aus dem Matsch entgegen. Nachdenklich runzelte er die Stirn.

Mit einem Schnippen landete die noch glimmende Zigarette im Dreck. Der Mann machte sich nicht die Mühe, sie auszutreten; diese Arbeit nahm ihm der Regen ab.

„Wenn er nicht bald kommt...", grummelte er und seine Silhouette machte einen Schritt in ihre Richtung. Hastig wich sie zurück.

„Was denn, hast du etwa Angst?" Seine Stimme lag voller Spott, aber sie war sich ihrer Gefühle nur allzu bewusst. Hatte sie etwa keinen Grund dazu? Bleib ruhig...

„Lass sie in Ruhe. Ist ja nicht so, dass..." Er stockte und auch die anderen hielten den Atem an. Da war es wieder. Ein Geräusch in der Nacht. Ein Schaben, ein Knurren.

Nervös räusperte sich der Hagere.

„Was…" Weiter kam er nicht. Ein ohrenbetäubendes Brüllen hallte durch den Wald. Entsetzt fuhr sie herum.

„Er war sofort tot. Hat noch versucht wegzukriechen, aber…" Marie deutete mit blassem Gesicht auf den widernatürlich verrenkten Körper.

„Was… wer tut so etwas?" Hammerwick hatte weiß Gott schon einiges in seiner Polizeikarriere erlebt, aber solche Verletzungen… Selbst jetzt noch war der Boden gesättigt mit Blut. Solch schreckliche Wunden konnte nicht jede Waffe zufügen… und nicht jeder Mensch.

„Den anderen ist es nicht besser ergangen", fuhr Marie fort und strich sich kurz über die Stirn. Ein Stück weiter lag das nächste Opfer.

„Hat wohl versucht sich zu wehren."

Der bestialische Schrei ließ ihre Welt verschwimmen. Wie von Sinnen lief sie davon. Egal wohin, einfach weg. Die schrecklichen Laute… Sie wollte sich die Ohren zuhalten, aber der nächste Schrei zerriss ihr trotzdem alle Nerven. Dann brach er jäh und gurgelnd ab. In wilder Angst stolperte sie über etwas, raffte sich sofort wieder auf und stürzte weiter. Jetzt konnte sie das animalische Hecheln und Fauchen auch ganz nah hinter sich hören. Panisch schrie sie auf und verlor für einen Moment den Boden unter den Füßen. Ein stechender Schmerz schoss durch ihren Knöchel, aber sie lief weiter und weiter und das Hecheln kam näher und näher und…

Etwas riss sie von den Füßen. Ein gewaltiger Schatten richtete sich über ihr auf. Scharfe Messer in der Nacht. Sie konnte nur noch schreien.

Kommissar Hammerwick starrte den Abhang hinab und versuchte die Fassung nicht zu verlieren.

„Das muss dann wohl die Frau sein", sagte er möglichst trocken, wenngleich sich bereits sein Frühstück beharrlich meldete.

Marie nickte stumm. Von dem letzten Opfer war kaum noch etwas übrig. Es war komplett zerrissen, der Kopf und ein Arm fehlte. Welcher Teufel hatte hier nur gewütet? Daneben lag etwas im Laub, eine kleine Dose. Pfefferspray? Hatte ihr wohl nichts genutzt.

Hammerwick schüttelte den Kopf.

„Wer hat die Leichen gefunden?"

„Ein Spaziergänger. Nur die erste, in der Nähe vom Auto."

„Das war sicher besser für ihn..." Er zog die Nase hoch und wandte sich von dem grausigen Anblick ab.

„Die Spurensicherung soll ans Werk gehen und wir sollten sehen, ob wir nicht auch noch was rausfinden können."

„Ja, Chef."

Er gab sich keinen Illusionen hin. Die Gegend war nur spärlich besiedelt. Dass hier jemand mitbekommen haben sollte, was nachts im Wald vorgefallen war, schien ihm schon sehr unwahrscheinlich zu sein. Aber wer weiß? Vielleicht waren die drei weit gereisten Fremden auch irgendwo in den Gasthäusern untergekommen und die Wirte hatten etwas über sie erfahren? Auch nur eine vage Hoffnung, aber irgendwelchen Spuren mussten sie ja schließlich nachgehen.

Er machte sich auf den Weg zurück zum Auto, Marie folgte ihm auf dem Fuß.

„Was denken Sie, was hier passiert ist?", fragte sie ihn schon wieder mit der vertrauten Neugier in der Stimme.

„Gute Frage." Er kratzte sich am Bart. „Drei Leute fahren nachts in den Wald und werden auf unsagbar grausame Art und Weise getötet. Müssen zwei oder mehr Täter gewesen sein, die Verletzungen zeugen von beträchtlicher Krafteinwirkung."

Marie räusperte sich.

„Könnten es nicht auch Tiere gewesen sein?"

Er blieb stehen und sah sie skeptisch an.

„Tiere? Welches Tier soll hier im Odenwald einer Gruppe von erwachsenen Menschen solche Verletzungen zufügen?"

„Nun...", etwas unsicher sah die Assistentin zu Boden, „Wölfe vielleicht?"

Hammerwick schnaubte abfällig.

„Ich bitte sie..."

Es stimmte schon, dass es mittlerweile wieder einige Sichtungen von Wölfen im Wald gegeben hatte, aber jeder hier wusste, wie ungefährlich sie eigentlich waren und dass sie die Menschen mehr fürchten als umgekehrt.

„Wölfe haben schon Menschen zerrissen", beharrte Marie und ihre Augen richteten sich wieder auf ihn.

„In den Schauergeschichten Ihrer Oma vielleicht, aber Himmel... das sind drei erwachsene Menschen gewesen. Außerdem hätten sich die Tiere doch an den Opfern gütlich getan. Ich bin zwar nicht vom Fach, aber das ist allem Anschein nach nicht passiert. Wenn das Wölfe waren, fresse ich einen Besen!"

Marie zögerte.

„Kennen Sie nicht die Sagen von Werwölfen?"

„Langsam wird es albern, Frau Lundt."

Sie zuckte nur die Schultern und folgte dem Kommissar zurück zum Wagen. Im Gegensatz zu ihm war sie im Odenwald geboren und aufgewachsen. Sie wusste um die zahlreichen Legenden, die sich um ihn rankten, und kannte die Magie der Wälder. Auch sie hatte noch nie von einem solch grausigen Verbrechen gehört, geschweige denn es selbst gesehen. Und doch gab es die alten Legenden... Freilich hatte sie nie an dergleichen geglaubt, aber die Verletzungen, die tiefen Furchen im aufgeweichten Waldboden... Sie hatte keine Ahnung, was nachts hier vorgefallen sein musste, aber sie würden es schon noch herausfinden.

Nachdenklich betrachtete sie das Auto von Laura Schnitzer. Am Rückspiegel hing ein kleiner Stoffbär und lächelte unschuldig. Der Wind fuhr durch die herbstlichen Bäume und ließ sie frösteln. Dunkel zeichnete sich der Galgen im morgendlichen Nebel ab.

Hammerwick war ein paar Schritte weitergegangen und hielt das Telefon bereits am Ohr. Da fiel sein Blick auf eine Stelle am Waldboden, die nicht komplett vom Regen ausgewaschen worden war.

„Hallo, Hammerwick?", hörte er dumpf die Stimme aus dem Apparat.

Langsam ließ er das Telefon sinken und trat wie in Trance auf den Fleck zu. Ein Abdruck prangte ihm entgegen. Ein Abdruck einer gigantischen, krallenbesetzten Pfote.

Das schwarze Handwerk

Anne Hechenberger (Neufahrn)

Ich drehe mich um. Niemand zu sehen. Ruhig, mahne ich mich, er ist dir nicht gefolgt. Aber mein Herz rast vor Angst. Wieder ein Blick zurück. Güttersbach wirkt friedlich, doch der Schein trügt. Ich bin mir sicher: wenn ich nicht selbst für mein Verschwinden sorge, wird Kai das erledigen.

*

„Cold Case im Mossautal: Im April 1982 wollte sich die 17 Jahre alte Sabrina May bei der Köhlerhütte mit ihrem Freund Michael Thaler treffen. Sie kam nie dort an. Der Vermisstenfall jährt sich nun zum vierzigsten Mal." Kai legte das Odenwälder Journal zur Seite und biss in sein Croissant. Er liebte es, ausgiebig zu frühstücken und mir aus der Zeitung vorzulesen. Ich hielt mich an meinem Kaffee fest und starrte auf den Teller, den Kai mir vom Buffet mitgebracht hatte. „Sie haben einen tollen Mann!", hatte Annette, die Servicekraft vom Hotel Zentlinde geschwärmt. Ich wusste nicht, was ich sagen sollte. Dass diese Geste nichts mit Liebe, sondern mit Kontrolle zu tun hatte? Dass mein Ehemann kein fürsorglicher Partner, sondern ein eifersüchtiger Soziopath war? Dass ich nichts bestimmen durfte, nicht einmal die Marmeladensorte auf meinem Brot? Ich nickte, hielt den Schein aufrecht. Niemand würde mir glauben.

*

Endlich hat mich der Wald verschluckt. Ich stolpere, rappele mich auf und prüfe, ob ich etwas verloren habe. Mein Ausweis steckt in der Jeans und das Bargeld, dass ich über Monate heimlich vom Haushaltsgeld abgezweigt habe, ist im BH-Träger eingeklemmt. Mehr habe ich nicht bei mir. Kann mein Plan gelingen? Wenn ich nur mehr Zeit gehabt hätte, alles ruhig zu durchdenken.

Annette stand plötzlich vor unserem Tisch. „Haben Sie für heute schon Pläne? Möchten Sie sich im Spa-Bereich erholen?" Kai lächelte. „Das ist eine tolle Idee, oder Schatz?" Seit Jahren hatte ich den Text für solche Situationen parat. „Du weißt doch, dass ich die Sauna nicht vertrage. Ich werde im Zimmer bleiben und lesen." Die blauen Flecken, Brandwunden und Narben, die sich über meinen Rücken, Bauch und die Oberschenkel verteilten, sprachen Bände. Kai war nie so dumm gewesen, mir an sichtbaren Stellen Gewalt anzutun. Annettes Blick blieb an der Zeitung hängen. „Ach, die arme Sabrina. Tagelang hat man den Wald nach ihr durchkämmt, aber sie war wie vom Erdboden verschluckt. Sie ist nie wieder aufgetaucht." „Tja, manchmal verschwinden Menschen einfach." Für Annette klang Kais Kommentar mitfühlend, für mich wie eine Drohung.

*

Ich kenne mich nicht aus, frage mich, wann die Köhlerhütte erscheint. Dort werde ich meine Jeans und die rote Regenjacke zurücklassen. An der Rezeption wird man sich an dieses Outfit erinnern – ich habe mich extra nach dem Rundwanderweg erkundigt, um im Gedächtnis zu bleiben. Wenn mich jemand sucht, wird er nach diesen Farben Ausschau halten und nicht nach den Klamotten, die ich darunter trage: schwarze Leggins und ein Sweatshirt. Dazu eine Mütze, die in der Jackentasche steckt, um meine blonden Haare zu verstecken. Wenn ich den Rundweg beendet habe, werde ich versuchen, per Anhalter Land zu gewinnen. Hauptsache weg von Kai. Meine Antennen warnen mich. Sein Verhalten hat sich verändert – und das nicht zum Besseren.

*

Nachdem Annette sich abgewandt hatte, sagte Kai: „Jedes Jahr verschwinden in Deutschland etwa 11.000 Menschen.

Gesucht wird aber nur nach Minderjährigen, Alten und Kranken. Und Frauen in den Vierzigern, so wie du…" – er machte eine Pause und sah mich so kalt an, dass ich vor Angst fror – „…die sucht niemand. Hier steht, dass man bei Sabrina May nicht von einem Gewaltverbrechen ausging, da man weder die Leiche noch ihren Lederrucksack fand, den sie an diesem Tag bei sich trug. Es gab keine Verdächtigen, sondern nur die Theorie, dass sich ein lebenslustiges Mädchen nach Spanien abgesetzt hat." Meine Augen brannten, während ich Kai anblickte. In seiner kranken Welt gab es auf lange Sicht nur eine Möglichkeit, wie er mich für alle Ewigkeiten besitzen konnte. Entweder eingemauert in unserem Keller oder im Vorgarten verscharrt.

*

Endlich erreiche ich die Lichtung, auf der die zeltartige Köhlerhütte steht. Ich lasse mich auf die Bank im Inneren fallen. Gerade als ich die Regenjacke auszuziehen will, höre ich ein „Grüß Gott" hinter mir. Erschrocken drehe ich mich um und sehe, dass auf der Bank gegenüber ein einsamer Wanderer sitzt. Ich fluche innerlich. Was macht er hier alleine im hintersten Winkel dieser Hütte? „Entschuldigen Sie, ich wollte Sie nicht erschrecken." Ich versuche, mich zu beruhigen. Jetzt gibt es einen Zeugen, daher ringe ich mir ein Lächeln ab und sage: „Schon gut. Was tun Sie hier?" „Ach, ich habe früher in Güttersbach gelebt. Aber nachdem meine Freundin weg war, bin auch ich fortgegangen. Doch am Jahrestag ihres Verschwindens komme ich zur Köhlerhütte, um mich an sie zu erinnern – wir waren damals hier verabredet." Er steht auf und in meinem Kopf schwirren die Gedanken. Spricht dieser Mann von Sabrina May? Ist das ihr damaliger Freund? Doch Neugier ist jetzt fehl am Platz. Je schneller er verschwindet, umso besser. Ich will mich verabschieden, doch als er sich bückt und einen Gegenstand unter der Bank hervorzieht, bleiben mir die Worte im Hals stecken. Der Wanderer schultert einen braunen Lederrucksack.

*

Kai klopfte sich die Brösel von der Hose. „Ich bring dich aufs Zimmer." Gehorsam stand ich auf. Mein Blick streifte zum Odenwälder Journal, das auf dem Tisch lag. Sabrina May lachte mich von ihrem Fahndungsfoto an. Ein Mädchen mit langen Haaren und einem großen Wanderrucksack. „Warum wurde ihr Freund nicht verdächtigt?", fragte ich. Es wäre ein Trost für mich, wenn ich wüsste, dass Kai nach meinem Ableben die Polizei am Hals hätte. Kai nahm meine Hand, er zerquetschte sie beinahe. „Thaler hatte kein Motiv, es gab weder Streit noch Trennungsgerüchte. Er hat sie sofort als vermisst gemeldet und die Suchaktionen organisiert." Er beugte sich zu meinem Ohr und flüsterte: „Zwei Liebende wie wir."

*

Ich starre ihn an. Der Lederrucksack sieht aus wie der auf dem Fahndungsfoto. Das kann kein Zufall sein! „Alles in Ordnung?" Michael Thaler steht jetzt vor mir. Ich darf mir nichts anmerken lassen, denn, wenn er weiß, dass ich über den Cold Case informiert bin, schwebe ich in höchster Gefahr. „Sie sind auf einmal ganz blass." Während er sich zu mir herunterbeugt, tritt Angstschweiß auf meine Stirn. Plötzlich höre ich eine Stimme über die Lichtung schallen: „Nina!" Mein Plan ist gescheitert, Kai hat mein Verschwinden bemerkt. Er kommt auf mich zu, seine Wangen sind rot vor Zorn. „Du Miststück solltest doch im Zimmer bleiben!" Für diesen Fluchtversuch werde ich bezahlen. Kai packt mich am Handgelenk, da bemerkt er erst, dass er einen Zuschauer hat. „Wer ist das?", will Kai wissen. Ich bin am Ende. Soll ich mit meinem Peiniger zurück ins Hotel gehen oder mit einem vermeintlichen Mörder im Wald bleiben? Thalers Gesicht ist immer noch dicht vor mir, er wirkt verwundert. Plötzlich schießt mir ein Gedanke durch den Kopf, wie ich mich noch retten kann. Ich springe auf und küsse Thaler zärtlich auf den Mund. Als ich fertig bin, drehe ich mich zu Kai um, der mich verblüfft anstarrt. „Kai, das ist mein Geliebter. Wir haben uns hier verabredet." Bevor Thaler weiß, wie ihm geschieht, attackiert Kai ihn mit seinen Fäusten. Und ich renne los.

*

„Kommissar Wallner hat angerufen, Sie können abreisen. Die Vernehmungen sind beendet." Annette steht neben meinem Frühstückstisch und die Neugier ist ihr ins Gesicht geschrieben. Es ist zwei Tage her, dass ich aus dem Wald zur Polizei geflohen bin. Dort habe ich Kai wegen häuslicher Gewalt angezeigt und meinen Verdacht zu Thaler geäußert. „Er hat Sabrina wirklich umgebracht?" Vermutlich verschwindet Annette nur, wenn sie neuen Klatsch erfährt. „Ja, als Kommissar Wallner erwähnte, dass man am Rucksack auch nach 40 Jahren noch DNA-Spuren finden kann, hat er den Mord gestanden. Sabrina kam zur Hütte und wollte sich trennen. Damit kam er nicht klar." Genau wie Kai, füge ich in Gedanken hinzu. „Warum hat man die Leiche nie gefunden?" Mein Magen zieht sich zusammen, denn ich weiß, dass Sabrinas Schicksal genauso mir hätte blühen können. „Zuerst hat er sie erwürgt, danach ausgezogen und in der Tradition der Köhler angezündet. Die kalte Asche hat er im Wald verstreut, ihre Kleidung in den Rucksack gepackt und ist seelenruhig nach Hause spaziert, um sie als vermisst zu melden. Und da er nicht verdächtigt wurde, gab es keinen Durchsuchungsbeschluss, so dass keine Beweise gefunden wurden." „Unglaublich", murmelt Annette und geht. Ich blicke zu meinem Teller, auf dem nur Dinge liegen, die ich gerne esse. Kai und Thaler waren sich ähnlich. Zwei „schwarze Handwerker", im übertragenen Sinn. Kai hat seinen Terror jahrelang versteckt, er hat meine Angst nie ausgehen lassen und seine schwelende Aggression war immer spürbar. Er kreiste Tag und Nacht um mich, ich war immer auf der Hut. Doch nun ist das Feuer erloschen. Zaghaft beiße ich in mein Marmeladenbrötchen und lasse mir den Erdbeergeschmack auf der Zunge zergehen.

Weinbrunnenfest

Dr. Michael Hüttenberger (Michelstadt)
Preisträger

Mein Kopf dröhnt, das Bettlaken ist schweißnass und ich hab' ein flaues Gefühl im Magen. Irgendwas ist passiert, doch ich kann mich an nichts mehr erinnern. „Wenn du dich erinnern kannst, war der Abend nicht gut", sagen sie hier im Odenwald. Halb benommen gehe ich pinkeln, da fällt es mir wieder ein: Der Tote auf dem Klo, sie haben gestern den Bürgermeister ermordet.

Es ist kurz nach 8 Uhr, die Kirchturmuhr hat gerade geschlagen. Das macht sie stündlich gleich zweimal, das ist praktisch, da kann man noch mal mitzählen, wenn man gerade wach geworden ist.

Ich gehe vors Haus und ein paar Meter barfüßig über das kühle Kopfsteinpflaster. Die Sonne sorgt für Licht und Schatten zwischen den Fachwerkhäusern der Pfarrgasse. Heute muss Sonntag sein, sonst wär's hier nicht so ruhig. Kein Auto unterwegs. Am Anfang hab' ich mich gewundert, dass hier überhaupt Autos fahren dürfen. Mittelalterliche Altstadt, historisches Rathaus, aber keine Fußgängerzone. Ein seltsames Alleinstellungsmerkmal.

Das Wetter gestern war super, ich kam von einer Radtour zurück, da hat mich Robert aufgegabelt. Ob ich nicht mit rüberkommen wolle zum Marktplatz. Robert kennt fast jeden, er hat als Bürgermeister kandidiert, heute würde ich sagen, eher eine Schnapsidee, Robert ist ein Macher, kein Politiker. Ich war gerade hergezogen, da hatte er mich und ein paar seiner Wahlkämpfer in eine kleine Destille eingeladen, „zu Paola, die macht den besten Obstbrand." Gestern müssen es ein paar zu viel davon gewesen sein.

In der Wohnung ist es kühler als draußen. Ich friere. Auf dem Küchentisch liegt der Flyer des Kulturamts: Weinbrunnenfest und Kirchweih. Ich stelle mir Teewasser auf, die kalten Füße treiben mich wieder aufs Klo. Als plötzlich der Flash kommt, muss ich mich setzen. Auf dem Klo haben wir ihn gefunden,

Robert hatte ihn zuerst gesehen. Ich brühe den Tee auf, atme tief durch.

Vielleicht liegt es an der schlechten Luft, dass mein Kopf immer noch heftig brummt. Ich öffne ein Fenster, die Vögel zwitschern viel zu laut. Meine Katze schleicht in die Küche und bedrängt mich schnurrend. Als ich ihr das Futter raus löffele, schneidet sie sich ihre Nase an der Dose blutig.

Nein, geblutet hat er nicht. Er saß einfach da, neben der Kloschüssel, mit heruntergelassenen Hosen, die Beine gestreckt, den Oberkörper schräg an die Wand gelehnt, die Feuerwehrjacke übers Gesicht gerutscht. Ich löse ein Aspirin auf und zwinge mich, meine Gedanken zu sortieren. Bestimmt würde noch die Polizei kommen und mich als Zeugen befragen.

Ich wollte Robert nicht warten lassen und hatte mir schnell was über die Radklamotten gezogen. In der Löwenhofreite sammelte man sich gerade zur Kerweredd, wie mir der Kulturamtsleiter erklärte. Ich kämpfte mich an den Toiletten vorbei durch die Menge.

Was ist passiert, nachdem wir ihn gefunden haben, frage ich mich. Die Teetasse wärmt meine Hände. Das letzte Bild: Robert klappt sein Handy auf. Dann nichts mehr, schwarz, Filmriss. Davor kann ich alles fast minutiös wiedergeben, ich lasse den Film noch mal ablaufen.

Es war voll auf dem Marktplatz, die ganze Prominenz war da. Der Bürgermeister auch, er hatte seine Feuerwehrjacke an. ,Bürgermeister' stand in großen Leuchtbuchstaben hinten drauf. „Ein egomanischer Kontrollfreak", erklärte mir Gabriel, der Fraktionsvorsitzende der SPD. Gemeinsam Politik machen mit ihm ginge nicht, er sei misstrauisch gegen alles und jeden. „Egal, lass uns einen trinken."

Mein Weinglas war leer, die Flasche auf dem Tisch auch. „Lass mal", meinte Gabriel, als ich gerade aufstehen wollte, „ich hab' was Besseres." Er kramte in seinem Rucksack. „Pflaumenbrand von Paola." Er goss uns ein, dann stand er plötzlich auf und rief laut über den Marktplatz: „Tod allen Despoten!"

Thomas von den Grünen und Selina von der CDU steckten die Köpfe zusammen und kicherten. „Die sind", erklärte mir

Robert, „gemeinsam aufs Gymnasium gegangen." Im Magistrat würden sie ständig Anträge stellen, um den Bürgermeister zu ärgern. Weil der Informationen zurückhalten würde. „Odenwälder Landrecht", kommentierte ein netter Typ hinter mir, der sich als Hansfred vorstellte. „Pressemensch", raunte mir Robert zu, „hatte mal einen Job im Rathaus, jetzt allerdings nicht mehr."

Inzwischen hatte Stephan - „Bauunternehmer, mit der Schwester des Bürgermeisters verheiratet, kriegt aber keine Aufträge von der Stadt" - eine Runde ausgegeben auf seinen 13. Hochzeitstag. Robert fragte, ob er schon mal an Scheidung gedacht hätte. „Nein, nie", tönte Stephan und trank die Runde an, „aber an Mord!"

Just in diesem Moment stand der Bürgermeister an unserem Tisch. „Herrschaften, das hier ist ein Weinfest, Schnaps ist verboten." Dann kassierte er die drei Flaschen Obstbrand ein, die vor Stephan auf dem Tisch standen. „Können Montag im Kulturamt abgeholt werden."

Stephan bekam einen hochroten Kopf und wollte auf den Bürgermeister los, Robert und die anderen konnten ihn gerade noch zurückhalten. Der Tumult dauerte nur kurz. Selina hatte eine Flasche Apfelbrand aus ihrer Handtasche hervorgezaubert, der Ärger war schnell runtergespült.

Der Bürgermeister hatte sich an den Nebentisch gesellt zu einer Gruppe von Bikern in Eintracht-Trikots, die nach und nach gingen. Wohl auch, weil ihnen kalt wurde. Nur einer hielt es noch aus und hörte dem Bürgermeister eher apathisch zu. Der war so in seinen Vortrag vertieft, dass er die heftigen Lästereien an unserem Tisch nicht wahrnahm.

Wir waren auf Apfelwein umgestiegen, den Stephan im Schwarzen Adler besorgt hatte. Gegen Mitternacht war nur noch der harte Kern übrig, die Tische rings herum leer, an der Theke der Kulturamtsleiter und Paola. Stephan und Gabriel verabschiedeten sich, Robert wollte aufs Klo. Weil ich befürchtete, es nicht mehr bis nach Hause zu schaffen, ging ich mit.

Vor den Urinalen lag Erbrochenes, eins war noch zu benutzen und Robert meinte: „Dann geh ich eben in die Kabine." Ich wunderte mich, wie schnell Apfelwein, den man gerade getrunken hat, wieder rauslaufen will, da wollte Robert, dass ich ihm kurz helfe: „Die Tür klemmt." Auf einmal wich er einen Schritt zurück. „Scheiße", meinte er, „schon besetzt!" Jetzt sah auch ich ihn liegen. Robert zog sein Handy aus der Hose und das ist, so sehr ich mich auch anstrenge, das Letzte, woran ich mich erinnern kann.

Mein Tee ist kalt, die Tasse halte ich immer noch zwischen den Händen. Wer hat ihn umgebracht? Wer hatte ein hinreichendes Motiv? Stephan? Vielleicht, aber als Schwager? Jemand von den Politikern? Am ehesten Gabriel mit seiner aufbrausenden Art. Der Pressemensch? Paola oder der Kulturamtsleiter? Man soll ja nichts ausschließen, sonst übersieht man das Naheliegendste. Robert, der Gedanke schießt mir schlagartig durch den Kopf. Mir wird heiß.

Es klingelt. Die Polizei, denke ich. Doch es ist Robert. „Wie geht's dir, bist ja gestern richtig zusammengeklappt." Der Notarzt sei gleich da gewesen. Sie hätten mich nach Hause gebracht und ins Bett verfrachtet. „Du sollst dich ein bisschen schonen", sagt Robert.

„Und sonst, was war noch?", frag ich.

Aber Robert muss gleich wieder los. Ich beschließe, mich nochmal hinzulegen.

Hat es geklingelt? Ich bin mir nicht sicher, muss mich kurz sortieren. Die Kopfschmerzen sind weg, ich habe Durst und muss schon wieder pinkeln. Tatsächlich, es klingelt.

„Einhart, Kripo Erbach", stellt er sich vor. „Einhard", frag ich, „sind Sie ein Nachkomme... ?" „Nein", sagt er, „Einhart mit t. Wie geht es Ihnen? Der Notarzt hat uns berichtet, sie hätten einen Schwächeanfall gehabt." Ich bestätige, dass Robert und ich die Leiche gefunden haben und dass es kurz nach Mitternacht gewesen sein muss. „Wie ist es eigentlich passiert?", frage ich, als er schon beim Weggehen ist. „Herz-Kreislauf, war noch nicht lange tot. Ein bisschen früher und er hätte eine Chance gehabt."

Ich nehme mir eine Flasche Wasser und setze mich vors Haus. Meine Katze springt mir auf den Schoß und schnurrt. Robert kommt um die Ecke. „Die Polizei war da", berichte ich. Wir sitzen schweigend in der Sonne.

„Was macht ihr jetzt ohne Bürgermeister", frage ich.

Robert schaut mich erstaunt an. „Wie kommst du drauf, dass wir ohne Bürgermeister sind?"

„Der Tote auf dem Klo", sag ich, „ehrlich gesagt, ich dachte, ihr hättet ein bisschen nachgeholfen."

„Das war nicht der Bürgermeister, das war einer der Biker."

„Aber die Feuerwehrjacke?"

„Die hatte ihm der Bürgermeister geliehen, weil ihm kalt war."

„Das weißt du woher?"

„Vom Bürgermeister."

„Dann war das also alles…"

„Du liest zu viele schlechte Krimis."

Robert läuft ein paar Schritte hin und her. „Andererseits", sagt er, bleibt stehen und guckt mich an.

„Andererseits was?" frag ich.

„Wir hätten ihn nicht noch ein paar Jahre aushalten müssen."

„Du meinst, noch jemand vor uns hat gedacht…"

„Ich meine gar nix."

Meine Katze springt runter, faucht und jagt irgendetwas hinterher.

Das Glockenspiel setzt ein: Üb' immer Treu und Redlichkeit. Ausgerechnet.

„Ich glaube, wir brauchen jetzt 'nen Kaffee", sag ich und stehe auf. Robert nickt: „Dann geh ich mal Zimtschnecken holen."

Die Mauer

Monika Huhn (Bruchsal)

„Bitte, Herr Vater, ich flehe Sie an. Seien Sie barmherzig, im Namen Christi! Bedenkt, ich bin Eure Tochter, Euer einzig Nachkomme."

„Du wagst es, seinen Namen in den Mund zu nehmen? Du hast dich versündigt, dich mit einem Ketzer eingelassen. Du bekommst die Strafe, die du verdienst."

„Neeein!" Ihr Schrei war markerschütternd und hallte durch den gesamten Raum.

„Hier, damit du ein Andenken an deine Liebschaft hast." Das Medaillon landete vor ihren Füßen. Der Graf drehte sich um und verließ das Tempelhaus, ohne eine Regung zu zeigen. Die verzweifelten Schreie seiner Tochter überhörte er stoisch.

Lange wurde in der aufstrebenden Stadt Erbach darüber spekuliert, was aus der Comtesse geworden war. Es hieß, sie sei mit ihrem Liebhaber durchgebrannt.

*

Leon und Jan streunten auf der Suche nach einem Abenteuer durch die Gassen der Altstadt. Sie hüpften auf den Pflastersteinen und versuchten, nicht auf die Fugen zu treten. Dabei warfen sie ihren Lederball immer schneller hin und her.

„Passt doch auf, ihr Lausbuben", rief ihnen eine empörte ältere Dame zu, als die beiden ihr den Ball vor die Füße knallten.

Ein halbherziges „Entschuldigung" war alles, was die beiden herausbrachten, bevor sie sich ihr Spielgerät schnappten und lachend davonrannten. Atemlos ließen sie sich auf einer Bank nieder.

„Das war knapp. Wenn uns die Alte erwischt hätte, die hat doch Haare auf den Zähnen, die meckert immer." Jan strich sein Sweatshirt glatt. Er war der Kleinere und Schmächtigere und ein halbes Jahr jünger als sein Schulkamerad.

Leon nickte, sein Blick war nach hinten gerichtet.

„Siehst du das?"

„Was denn?", fragte Jan und blickte sich suchend um.

„Schau mal, die Tür zum Tempelhaus steht offen. Komm, wir gehen rein, das wollte ich immer schon mal machen." Leon erhob sich, nahm den Ball und ging auf die Pforte zu. Er wirkte älter als er war, hatte blaue Augen und eine sportliche Figur. Die Mädchen aus seiner Klasse himmelten ihn an.

„Das ist verboten, das Gebäude ist baufällig und muss saniert werden", erwiderte Jan, der der Ängstlichere der beiden war und fuhr sich mit der Hand durch sein Wuschelhaar.

„Du Angsthase, was soll denn passieren? Glaubst du etwa an die Spukgeschichten, die erzählt werden?" Leon grinste verächtlich. Er stand schon vor dem historischen Gemäuer im mittelalterlichen Städtel von Erbach.

Nur widerstrebend folgte ihm Jan. Immer wieder schaute er von links nach rechts und knetete in einem fort seine Hände. Leon schob die angelehnte Tür auf und sie drückten sich vorsichtig durch den Spalt. Ein kalter Luftzug strich durch den Raum. Dunkelheit umfing sie, ein modriger Gestank setzte sich in ihren Nasen fest. Nach einigen Sekunden hatten sie sich an die Schwärze gewöhnt. Sie gingen von Zimmer zu Zimmer, doch außer alten, morschen Möbeln, auf denen jahrealter Staub lag und blinden Fenstern war nichts zusehen.

Als sie wieder im Eingangsbereich ankamen, konnten sie vor sich eine Treppe mit ausgetretenen Stufen erkennen.

„Los, komm, wir gehen hoch!"

„Ich will nicht, wenn uns jemand erwischt, kriege ich tierischen Ärger zu Hause. Du kennst meinen Vater! Und du hast doch auch die Gruselgeschichten gehört, die überall erzählt werden. Man soll immer wieder Klopfgeräusche hören."

„Man, Jan, du Memme. Das ist doch nur ein Märchen. Außerdem ist hier niemand, wer soll uns denn verraten? Vorwärts!"

Mit diesen Worten sprang Leon schon die Stiegen hoch. Zögernd ging Jan hinter seinem Freund her.

Jeder Raum wurde begutachtet, aber auch hier war nichts Interessantes zu entdecken. Enttäuscht machten sie sich auf den Rückweg, als Jan überrascht stehen blieb.

„Da ist noch eine Treppe, sie führt nach unten." Er blickte in ein dunkles Loch, dessen Rahmen mit Spinnweben geziert war.

Leon drückte sich an Jan vorbei und lief hinunter. Jan wollte ihm nicht folgen, aber alleine dort stehen bleiben wollte er genauso wenig. Seine Nackenhaare standen zu Berg wie aufgereihte Zinnsoldaten. Ein Geräusch wie von einer zufallenden Tür ließ ihn erschauern. Schnell rannte er ebenfalls hinab. Vor Angst stolperte er auf der letzten Stufe und fiel der Länge nach auf den Boden. Leons Lachen hallte von den Wänden wider, als würde sich ein kompletter Chor über Jan lustig machen. Mit einem Kopfschütteln setzte dieser sich auf. Er hatte eine Beule an der Stirn und die Hände waren aufgeschürft, mehr hatte er sich beim Sturz nicht getan.

„Du hast gut lachen. Hilf mir lieber hoch", sagte er mit weinerlicher Stimme und streckte Leon seine Hand entgegen.

„Na komm schon, hier ist keiner, lass uns Ball spielen", erwiderte dieser und zog seinen Kameraden hoch.

Immer wieder kickten die beiden den Ball auf einen Mauerstein, der etwas heller war als die anderen. Der Putz bröselte und bildete einen kleinen Haufen Dreck auf dem Boden.

Er wusste nicht, was er zuerst hörte: den Krach, den der Stein verursachte, als er auf den Boden fiel oder die Schritte über ihren Köpfen. Jan zitterte, der Schweiß brach ihm aus. Sein Schrei war fast unmenschlich. Hilfesuchend klammerte er sich an Leon.

„Schnell, in die Ecke, nimm den Ball", flüsterte dieser, ging langsam rückwärts und zog Jan mit sich. In einer Ecke gingen sie in die Hocke.

Das flackernde Licht einer Taschenlampe bewegte sich in schnellem Tempo treppab auf die Freunde zu. Von Panik ergriffen hielt Leon Jan den Mund zu. Wie hypnotisiert starrte er auf den zuckenden Schimmer und hielt die Luft an.

Aus der Finsternis wuchs ein Schatten, der immer größer wurde. Er ragte vor ihnen auf wie ein Berg. Der Kopf war unförmig und riesig und erinnerte an ein Alien. War das das Monster, der Geist, der in dem uralten Tempelhaus spukte? Die Jungs bebten, konnten nur mühsam einen Schrei unterdrücken. Selbst Leon, der für seine elf Jahre sehr mutig war, wurde von einer Welle der Angst erfasst. Kalte Schweißtropfen hatten sich auf seiner Stirn gebildet. Eine gespenstische Stille trat ein.

Plötzlich dröhnte eine laute Stimme durch den Keller, die durch den niederen Raum hallte und sich an den Wänden brach.

„Wer ist da? Komm raus, ich weiß genau, dass hier jemand ist."

Schluchzend und mit tippelnden Schritten verließen die beiden ihre schützende Ecke. Den Blick hielten sie gesenkt, ihre Körper zitterten.

Vor ihnen stand weder ein Geist noch ein Ungeheuer, sondern ein Mensch, ein Mann aus Fleisch und Blut. Er trug einen Bauarbeiterhelm zu einer Jeans und einem gestreiften Hemd.

„Was macht ihr hier? Habt ihr das Schild nicht gesehen, auf dem steht, dass das Betreten des Grundstückes und des Gebäudes bei Strafe verboten ist?"

Leon fand als erstes die Sprache wieder. Kleinlaut antwortete er dem Fremden.

„Doch, schon. Die ganzen Spukgeschichten, die in Erbach erzählt werden, haben uns neugierig gemacht. Es tut uns leid, dass der Stein aus der Mauer gefallen ist, das wollten wir nicht."

Erst jetzt bemerkte der Mann den Schaden. Mit großen Augen trat er näher ran und leuchtete mit seiner Taschenlampe in das Loch. Abgestandene Luft wehte ihm entgegen. Es war nichts zu erkennen.

„Komisch. Hoffentlich stoppt das die Renovierung nicht. Da muss ich die Skizzen holen, die aus dem 17. Jahrhundert stammen. Baupläne gibt es für dieses altehrwürdige Gebäude nicht." Er sprach mehr zu sich selbst als zu den beiden Spitzbuben. Nachdenklich fasste er sich ans Kinn.

„Und ihr beide, ihr haut ab, ich will euch hier nicht mehr sehen."

„Vielen Dank, dass Sie uns gehen lassen", sagte Leon, nahm Jan an der Hand und gemeinsam rannten sie die Treppe hinauf.

Außer Puste und mit klopfenden Herzen setzten sie sich wieder auf die Bank.

„Puh, da haben wir noch einmal Glück gehabt. Er hat nicht mal nach unseren Namen gefragt."

„Gott sei Dank! Mein Vater würde durchdrehen, wenn er das erfährt. Das bleibt unser Geheimnis, Leon, versprichst du mir das?"

„Klar, großes Indianerehrenwort. Komm, wir gehen heim, das war genug Abenteuer für heute."

*

Der Mann, es war der Architekt, der für die Restauration zuständig war, besah sich die Skizzen und den Kellerraum. „Irgendetwas stimmt hier nicht. Das müsste eine Außenmauer sein, aber woher kommt dann der Hohlraum?" Er holte die Bauarbeiter und ließ Steine aus der Wand schlagen. Als ein großes Loch entstanden war, leuchtete er in den Raum und prallte zurück. Ein Skelett lag auf dem Boden. „Das liegt wohl schon Jahre hier, wenn nicht gar Jahrhunderte", sagte der Vorarbeiter zum Architekten. „Das glaube ich auch. Ich denke, dass die Person bei lebendigem Leib eingemauert wurde." „Wenn die Jungs hier nicht Fußball gespielt hätten, wäre sie wohl nie gefunden worden. Wer das wohl war? Vielleicht findet man in den Unterlagen der Kirche einen Hinweis." Die Knochen wurden von letzten Resten eines Kleides dürftig bedeckt. Um den Hals trug das Gerippe eine Goldkette mit einem Medaillon.

Bildungsurlaub

Birgit Körner (Esslingen)

Davor

Jetzt hat mein Chef einmal seine Nase in ein Buch gesteckt und ausgerechnet in eins über Organisationsentwicklung! Agil sollen wir werden, mit Scrum arbeiten. Keine Ahnung, wovon er spricht. Seit fünfundzwanzig Jahren arbeite ich erfolgreich ohne diesen Kram. Dafür zuverlässig wie ein Uhrwerk. Jeder Schuss ein Treffer.

„Natürlich gehst du zu diesem Seminar, keine Widerrede." Mein Chef hat diesen speziellen Zug um den Mund, von dem ich aus Erfahrung weiß, dass Widerworte keinen Sinn machen.

„Ein paar Tage Bildungsurlaub in dieser VHS und einige Ideen, wie wir unseren Laden konkurrenzfähiger machen können, sind genau das Richtige. Vielleicht gibt es ja eine Gehaltserhöhung."

Gehaltserhöhung, dass ich nicht lache. Ich werde pro Stück bezahlt. Für jeden sauber ausgeführten Mord bekomme ich eine erkleckliche Summe. Das Geld habe ich bestens verwahrt. Eigentlich könnte ich schon längst in Rente. Aber der Chef hat mich am Wickel mit Beweismaterial, bei deren Kenntnis durch die Polizei ich garantiert ins Gefängnis wandern würde. Und das ganze Zeug hat er irgendwie verschlüsselt auf irgendeiner Cloud gespeichert. Ich kenne mich mit so was nicht aus.

Grinsend schiebt er mir den Flyer der Odenwaldvolkshochschule rüber. Odenwald, wo ist denn das? ‚Bildungsurlaub in bester Umgebung' lese ich. ‚In drei Tagen von der Vision zur Wirklichkeit.'

Tag 1 Die Vision

Ich öffne die Tür zu einem lichtdurchfluteten Seminarraum, der in einem kleinen Ort namens Erbach liegt. Neben einem Flip-Chart steht eine bebrillte Blondine und sortiert bunte Karten. Ich nicke in die Runde und setzte mich auf den letzten freien Platz im Stuhlkreis.

„Hallo!" Eine zierliche Frau mit braunen Locken neben mir reicht mir die Hand. „Ich bin Laura."

Statt einer Antwort brumme ich nur.

Die Blonde beginnt. „Herzlich willkommen zu Ihrem Bildungsurlaub. Sie werden sehen - hier im Odenwaldkreis lassen sich Visionen besser erarbeiten als an jedem anderen Ort auf der Welt." Sie deutet zum Fenster. Zugegeben, der Blick auf die sanft geschwungenen Hügel ist angenehm. Wusste gar nicht, dass es so viele Arten von Grün gibt. Tannengrün, Wiesengrün, Laubblattgrün. Und die Luft hier ist überraschend frisch. Ganz anders als der Großstadtmief, den meine Bronchien sonst gewohnt sind.

Nach einer Vorstellungsrunde legt die Blonde los. „Was ist eure Vision? Was sind eure Träume? Denkt groß! Denkt weit!"

Meine Vision? Keine Ahnung. Irgendwann in Rente gehen. Ein schönes Leben führen, irgendwo auf einer Insel. Wahrscheinlich alleine. Eine Frau konnte ich nie finden. Wie auch bei dem Job? Wer liebt schon einen Auftragsmörder? Ich schreibe das Wörtchen „Rente" auf das Kärtchen, das die Blonde ausgeteilt hat.

Der Reihe nach stellen wir unsere Visionen vor. Neben mir knetet Laura ihre Hände. „Ich will ein Café eröffnen. In Michelstadt." Ihre Augen leuchten. „Ich will Cupcakes backen und knusprige Waffeln. An meiner Siebträgermaschine kredenze ich Cappuccino, auf dem sich der Milchschaum wie eine Schönwetterwolke türmt."

Wow, die hat ja echt noch Träume. Auf einmal kommt mir mein Wunsch so mickrig vor. Mein Handy in der Hosentasche brummt. Unauffällig ziehe ich es heraus. Eine Nachricht vom Chef. „Schon eine Idee, wie du unseren Laden auf Vordermann bringst?" Im Geiste zeige ich dem Handy den Mittelfinger und mache es aus.

Jetzt bin ich dran. „Was ist deine Vision?" Die Blonde lächelt freundlich und Laura hängt an meinen Lippen.

Ich zerknittere die Karte in meiner Hand. „Ich ... , ich habe keine Vision." Warum klingt meine Stimme auf einmal so rau?

„Mach dir nichts draus", sagt die Blonde tröstend. „Du bist noch zwei Tage hier. Ich habe noch nie erlebt, dass hier jemand ohne Vision rausgeht."

„Hast du nicht Lust, mit mir heute Abend etwas zu essen?" Laura schaut mich in der Pause so freundlich an, dass ich nicke. Mein erstes Date seit fünfundzwanzig Jahren.
Abends essen wir in einem der gemütlichen Gasthöfe. Ich genieße Rehrücken an Kartoffelknödeln und Rotkohl. Eine ausgezeichnete Mahlzeit. Macht ganz anders satt als das Fastfood, das ich sonst verschlinge. Nach dem Essen schlendern wir durch Michelstadt. Eben passieren wir den Marktbrunnen, als Laura mich am Arm packt.
„Ich zeig dir was." Sie zieht mich in eine kleine Gasse. „Das ist es." An der Scheibe des Ladenlokals hängt ein Schild mit der Aufschrift „Zu verkaufen!". Darunter die Kontaktdaten der Bank.
„Schau: Dort drüben würde ich die Theke einbauen. Dahinter hänge ich eine große Tafel, auf der ich die Angebote der Woche schreibe. Hier auf den Gehsteig kommen auch ein paar Tische. Eine Spielecke darf nicht fehlen. Jeder ist willkommen." Lauras Augen leuchten. „Aber leider…" Sie deutet auf das Schild. „Zu wenig Kleingeld."
Auf dem Heimweg zu meinem Hotel bin ich tief in Gedanken versunken.

Tag 2 Hindernisse beseitigen

„Guten Morgen miteinander!" Ohne Umschweife stürzt sich die Blonde in den zweiten Seminartag. Ich habe ausgesprochen gut geschlafen. Wie ein Baby. Passiert mir selten. Aber es war so still, angenehm still.
„Wir haben gestern Visionen erarbeitet und Ziele abgeleitet. Wir wissen, wohin die Reise geht. Im nächsten Schritt sehen wir uns die Hindernisse an."
Wir gehen in Kleingruppen zusammen und notieren auf roten Karten die Hindernisse und auf grüne unsere Ideen, wie wir sie überwinden können. Auch wenn ich immer noch keine

Vision habe, laufe ich zur Höchstform auf. Hindernisse aus dem Weg räumen, darin liegt schließlich meine Expertise.

Laura beginnt: „Mir fehlt das Geld. Die Bank hat einige Interessenten und wenn ich bis Ende der Woche keine Lösung habe, bekommt jemand anderes den Zuschlag."

„Und wie willst du dieses Hindernis aus dem Weg räumen?", fragt Hans, der blasse ITler mit Burn-Out, dessen Vision es ist, Naturpädagoge zu werden und Schulklassen durch den Odenwald zu führen.

„Na klar!" Wie ein kleines Kind klatscht Laura in die Hand. Ihre Locken wippen, sie sieht hinreißend aus. „Ich werde gleich für heute Abend einen Termin mit meinem Bankberater vereinbaren. Ich lege ihm noch einmal mein Konzept vor und bringe ihm meine besten Cupcakes mit. Das wird ihn überzeugen."

„Was sind deine Hindernisse?", fragt Laura den Nächsten in der Runde.

Meine Gedanken kreisen zu meinem Chef. Auch wenn ich keine Vision habe, das Hindernis ist schnell herausgefunden. Der Chef ist es und dieses vermaledeite Material. Wenn ich doch nur …. Nachdenklich sehe ich Hans an.

Abends mache in einen kleinen Spaziergang durch Michelstadt, während Laura sich mit ihrem Bankberater trifft. Ich sehe schon von weitem an ihren hängenden Schultern, dass das Gespräch ungünstig verlaufen ist. Die Cupcakes waren wohl doch nicht so überzeugend.

Sie versucht, tapfer zu sein, aber selbst ihre Locken hängen traurig herab. „Es wird sich schon eine Lösung finden."

Ja, denke ich. Eine Lösung wäre gut.

Tag 3 Der erste Schritt

Wieder habe ich phantastisch geschlafen. Meine Akkus sind gefüllt bis an den oberen Rand und ich könnte Bäume ausreißen. Was ich lieber lasse, die Bäume stehen dieser Landschaft wirklich ausgesprochen gut. Nach einem stärkenden Frühstück betrete ich mit beschwingten Schritten den Seminarraum. Laura fehlt. Ich versuche, sie über das Handy zu erreichen, doch sie geht nicht ran. Voller Sorgen kann ich mich kaum auf die Aufgaben der Blonden konzentrieren.

„Ihr kennt vielleicht das Sprichwort: Auch die längste Reise beginnt mit einem ersten Schritt. Was ist euer allererster Schritt?"

Emsig beugen sich alle über das Arbeitsblatt, das die Blonde verteilt. Ich nehme es entgegen, ohne einen Blick darauf zu werfen. Stattdessen beuge ich mich zu Hans. „Ich habe da mal eine Frage."

Danach

„Dann erzähl mal. Welche Ideen bringst du mit?" Dieses schiefe Grinsen im Gesicht des Chefs. Wie schön, dass ich es heute zum letzten Mal sehe. Der Anblick meiner Waffe lässt sein Grinsen auch prompt verrutschen.

„Ganz ruhig", sagt er. „Du weißt doch, du kannst mir nichts anhaben. Wenn ich nicht täglich ein bestimmtes Passwort in mein Laptop eingebe, landet alles bei der Polizei."

„Da wäre ich mir nicht so sicher. Schau selber nach."

Siegesgewiss dreht sich der Chef zu seinem Laptop, öffnet ein paar Ordner, gibt einige Passwörter ein. „Das gibt es doch nicht. Alles verschwunden. Wie konnte das passieren?"

„Was soll ich sagen? Reisen bildet eben."

Der Chef resigniert. „Was willst du?"

„Meine Ruhe und all dein Bargeld."

Wie versprochen wartet Laura am Marktbrunnen in Michelstadt. Ich nehme all meinen Mut zusammen und umarme sie zur Begrüßung. Mein Herz schlägt schneller, als sie meine Umarmung erwidert.

Mit einer anmutigen Geste schiebt sie sich eine Locke hinter das Ohr und sieht mich an. „Und wo ist jetzt die Überraschung?"

Ich nehme sie an der Hand und biege mit ihr in die kleine Gasse ein. Herr Dörr von der Bank wartet schon. „Und sie haben tatsächlich alles in bar dabei?"

Wortlos übergebe ich ihm die Stofftasche mit dem Geld, das mir mein Chef nur zu gerne überlassen hat, und halte meine Hand auf. Den Schlüssel, den Herr Dörr hineinlegt, reiche ich an Laura weiter. „Damit deine Vision Wirklichkeit wird."

Alles für die Kunst

Heike Kroll (Breuberg)

Wenn vor fünfzehn Jahren jemand prophezeit hätte, dass unser beschaulicher Odenwald zum wiederkehrenden Schauplatz mörderischer Machenschaften werden würde, hätte man dem- oder derjenigen lachend ein überschäumendes Maß an Phantasie bescheinigt. Allein der Gedanke an blutüberströmte Leichen zwischen Streuobstwiesen und grasenden Milchkühen war so absurd, dass sogar Bauer Huberts Hühner darüber gelacht hätten, wären sie damals nicht als mein erstes öffentlich zur Schau gestelltes Kunstwerk auf dem Kartoffelacker neben ihrem Stall gelandet. Zu jener Zeit hatte man noch gemutmaßt, die in Form des Buchstabens „K" drapierten Welsumer Hennen wären das Opfer eines besonders grausamen Tierhassers geworden, und weil auf den Tag genau ein Jahr später eine Schafherde tot auf der Insel des neuen Höchster Kreisels gefunden wurde (wieder hatte ich die blutüberströmten Kadaver dekorativ in "K"- Pose in Szene gesetzt oder besser gelegt), fand diese Theorie viel Zuspruch. Sehr zu Unrecht, denn ich versichere Ihnen, liebe Leser, dass sich diese Tiere einzig und allein im Namen der Kunst geopfert haben. Für das nächstjährige Exponat stellte sich freundlicherweise ein junger Mann, von dem ich in einem netten Gespräch erfuhr, dass er aus Nordrhein-Westfalen stammte und auf Wanderurlaub im Odenwald weilte, zur Verfügung. Seine leuchtendrote Wanderjacke schrie geradezu danach, auf einer Apfelplantage ausgestellt zu werden. In Hainstadt fand ich dann auch das perfekte Fleckchen. Leider waren die Apfelbäume Ende März weder durch Laub noch Frucht als solche zu identifizieren, deshalb kaufte ich im nächstgelegenen Discounter zwei große Plastiktüten Jonagold und arrangierte diese kreisförmig um den hilfsbereiten Ex-Wandersmann. Er selbst lag auf der Seite, einen Arm und ein Bein im 45°-Winkel von sich gestreckt, und bildete so ein wunderschönes K. Das fand auch die in Scharen herbeigeeilte Presse, die bunt und vielfältig berichtete. Ich als Künstler trat in den Hintergrund, lehnte mich zurück und genoss stolz die Aufmerksamkeit, die mein Werk erregte. Sehr zu meinem Bedauern verebbte das Interesse daran jedoch viel zu schnell und die lokalen und überregionalen Berichterstatter wandten sich neuen, in ihren Augen aufsehenerregenderen Themen zu. Aber glücklicherweise hatte ich bereits erste Skizzen für ein Nachfolgeprojekt im Kopf. Genau zum Jahrestag präsentierte ich im Wald zwischen Bad König und Kimbach mein neuestes Objekt. Es kostete mich viel Mühe, den Körper der älteren Dame in einem toten, halbvermoderten Baumstamm festzuklemmen, aber der Erfolg gab mir Recht. Das nächste Kunstwerk, wieder genau ein Jahr später, taufte ich "Spuren". Es war nicht einfach, unbemerkt an einen Traktor zu gelangen und noch viel schwieriger, jemanden so damit zu überfahren, dass der Abdruck eines der gigantischen Hinterreifen gut erkennbar blieb. Schließlich hatte ich nur einen Versuch. Und - bevor Sie fragen - natürlich wurden auch diese beiden Werke von mir signiert.

Für das darauffolgende Jahr ersann ich etwas Besonderes. Obwohl die Straßen im Odenwald an jenem 31. März (die Odenwälder nennen diesen Tag seit dem letzten Jahr K-Tag, was mich mit großem Stolz erfüllt) fast leergefegt waren und einige Hundertschaften Polizei in jedem noch so kleinen Weiler patrouillierten, konnte ich ein Touristenpaar aus Italien für mein neuestes Projekt gewinnen. Man fand sie in der Römischen Villa Haselburg zu Hummetroth; ganz romantisch Arm in Arm saßen sie bei den Ruinen des Nordwesttors im Gras, in der jeweils freien Hand einen herausgelösten Sandstein. Die Idee, mein obligatorisches "K" mit dem Blut aus ihren Kopfwunden auf das nebenstehende Informationsschild zu malen, entstand spontan.

Der nächste "K-Tag" verstrich ohne ein neues Kunstwerk meinerseits. Es fehlte mir schlicht an einer originellen Idee. Interessanterweise schaffte ich es, allein durch das Fehlen einer neuen Enthüllung die Schlagzeilen der lokalen Medien zu dominieren. Die respektlosen Spekulationen über das Ende meiner Kreativität strafte ich jedoch im darauffolgenden Jahr Lügen. Und ich muss zugeben, dass mein Einfall, einen stadtbekannten Casanova vor dem Erbacher Elfenbeinmuseum zusammen mit einer aufblasbaren Dame aus PVC in Szene zu setzen (das obligatorische "K" bestand diesmal aus falschen

"Erbacher Rosen", Elfenbeinschmuck-Nachbildungen aus Plastik), nicht mein schlechtester war. Das Elfenbein-Museum verzeichnete danach für viele Wochen Rekordbesucherzahlen. Gern geschehen. Künstler unterstützen sich gegenseitig, ist doch selbstverständlich.

Mein nächstjähriges Werk muss ich leider als eines der schwächeren bezeichnen. Dabei lag es nicht an der Idee selbst. Ich hegte schon seit Längerem den Wunsch, das ehemalige Munitionsdepot Hainhaus für eine Installation zu nutzen. Doch selbst wenn ich einen noch größeren und massigeren Mann als den schon recht stattlichen Mitarbeiter des örtlichen Bauhofs zur Kooperation hätte bewegen können - jeder hätte in direkter Nachbarschaft des Windrads winzig gewirkt. Auch die Plüsch-Fledermaus in seinem Mund war nur ein schwacher Ersatz für ein echtes Tier, aber es gelang mir nicht, eine der hier beheimateten possierlichen Mopsfledermäuse für die Mitarbeit an dem Projekt zu begeistern.

Dafür lief ich im darauffolgenden Jahr zu ganz großer Form auf und versenkte einen ortsansässigen Mietshausbesitzer publikumswirksam im Brunnenschacht der Burg Breuberg. Und auch mein letztjähriges Exponat würde ich als gelungen bezeichnen. In Bad König fand ich die ideale Location. Es kostete mich nur wenig Mühe, den jungen Privatdetektiv auf seinem Stuhl mittig auf der Freilichtbühne zu arrangieren. Der Geigenbogen, den ich ihm mit einiger Anstrengung durch das Herz getrieben hatte, war von überall auf der Tribüne hervorragend zu erkennen. Und genau diese Tatsache wäre mir um ein Haar zum Verhängnis geworden, denn just als ich mich bückte, um dem Hosenbein in die finale Pose zu helfen, hustete es aus Richtung der Mühlstraße. Zwar war es bereits dunkel, aber der Mond hatte drei Tage nach der letzten Fülle noch nicht genug von seiner Leuchtkraft eingebüßt, als dass ich mich ungesehen hätte von dannen schleichen können. Das Glück war mir jedoch hold, und der unwillkommene Huster kam nicht zur Freilichtbühne herauf. Ich hörte ihn Beschimpfungen murmeln, die offenbar einem vierbeinigen Begleiter galten. Ich signierte mein Werk und verließ schnell den Ort des Geschehens.

Und hier sitze ich nun … Wir schreiben das Jahr 2022, es ist Ende März und ich befinde mich in den abschließenden Planungen zu meinem neuesten Projekt. Etwas ganz Besonderes wird es werden. Um was es geht, möchten Sie wissen? Bitte haben Sie noch ein klein wenig Geduld. Bald ist K-Tag.

Lieblingsplätze

Nicole Mahne (Bielefeld)

Er fiel ihr von Weitem auf. Überaus groß und schlank, graue Stoffhose, dunkelblaues Hemd. Hanna hielt lächelnd auf ihn zu. „Entschuldigen Sie … kommen Sie von hier?" Der Angesprochene blieb stehen, deutete ein Nicken an. „Ich arbeite für das Kulturamt und befrage die Menschen aus Michelstadt nach ihren Lieblingsplätzen. Orte, die für sie persönlich …" Die Glocken der Stadtkirche schnitten ihr das Wort ab. Hanna sah zur Turmspitze hoch, gab Zeichen. Gleich ginge es weiter. Er strich sich mit beiden Händen die dunklen Haare aus der Stirn. Sein hellgrauer Blick erkundete ihre Oberfläche, als wäre sie nicht anwesend. Verlegen drehte Hanna ihm die Schulter zu. Der kleine Souvenirladen an der Ecke öffnete. Zwei Frauen hievten einen Postkartenständer zwei Steinstufen hinunter. Lachten.

„Wie gesagt … es geht um die Menschen dieser Stadt und um ihre besonderen Orte. Ihre Lieblingsplätze werden mit wetterfestem Lack sichtbar gemacht", erklärte Hanna. „Alltagsplätze erhalten somit Wertigkeit." Sie deutete mit dem Kopf in Richtung des historischen Rathauses. „Nicht nur die klassischen Sehenswürdigkeiten." Während sie sprach, drang ihr Gegenüber ungeniert in ihr Gesicht ein. Sie trat instinktiv einen Schritt zurück. „Hätten Sie Lust, sich an diesem Projekt zu beteiligen?"

„Die Idee gefällt mir", versicherte er. „Ich bin dabei." Seine Stimme klang warm und entspannt. Während er sprach, wurde sein Gesicht weich, die Augen lagen nicht länger wie wachsame Hunde in den Höhlen. Stattdessen freundliche Neugierde. Erleichterung durchfuhr Hanna.

„Ehrlich? Oh … das freut mich … es ist nämlich gar nicht so einfach, zwischen den vielen Touristen hier einen *echten* Michelstädter zu treffen." Sie fand sich übertrieben überschwänglich und glich es sogleich mit einer ernsten Miene aus. „Ich bin *echt*", garantierte er und deutete auf sich. „Peter Decker."

„Hanna Stein. Freut mich."

Er klatschte in die Hände. „Meinetwegen können wir gleich los. Haben Sie alles dabei?"

Überrascht von seiner Entschlossenheit zögerte sie einen Moment.

„Mein Lieblingsplatz", erinnerte er sie.

„Natürlich", winkte Hanna ab. „Meinetwegen gerne. Wenn es ihnen jetzt passt. Wir können auch einen Termin ..."

„Kein Problem. Ich bin freiberuflich tätig ... und auf mich wartet niemand."

„Das ist doch was", erwiderte sie, überfordert von der möglichen Zweideutigkeit. „Den Lack und die Schablone habe ich hier." Sie hielt den Beutel hoch, den sie über der Schulter trug. Sie überquerten Seite an Seite den Platz vor dem Rathaus, vorbei an der Gästeinformation. Hanna suchte die Fenster ab und entdeckte eine ihrer Kolleginnen im Gespräch. Unauffällig sah sie an Peter Decker hoch. Er hatte etwas Einschüchterndes.

„Rechts ab", wies er an, berührte sie kaum spürbar mit der Hand am Rücken. Diese vertraute Geste erschreckte sie. Sie folgten schweigend dem Verlauf der Großen Gasse. „Jetzt links ins Rosengässchen", navigierte er sie und wiederholte die Berührung, bevor sie es verhindern konnte. Sie vergrößerte den Abstand zwischen ihnen um ein vertretbares Maß, ohne abweisend zu wirken.

„Was ist mit *Ihrem* Lieblingsplatz?", fragte er unvermittelt. Sein Gesichtsausdruck war offen und zugewandt, ihre innere Abwehr erschien ihr plötzlich überzogen, fast neurotisch. Sie entschuldigte sich mit einem breiten Lächeln.

„Ich lebe erst zwei Monate hier. Ich komme eigentlich aus Oldenburg ... deshalb ..."

„Zwei Monate", wiederholte er erstaunt. „Dann gibt es für Sie noch eine Menge zu entdecken ..." Er sah im Gehen kurz zu ihr hinüber, seine Schritte wurden länger. Hanna hatte Mühe, mit ihm auf einer Höhe zu bleiben.

„Sind *Sie* hier geboren?", setzte sie das Gespräch fort. Peter Decker zeigte auf ihren Beutel. „Wie genau funktioniert das? Sie machen mit dem Lack ein Zeichen?"

„Äh, ja genau. Ich habe hier eine Schablone mit dem Logo. Ein Herz in einem Rahmen. Ich brauche nur einen geeigneten Untergrund."

„Welche Farbe?"

„Pink, wir haben uns für Pink entschieden."

Er runzelte missbilligend die Stirn. „Eine Kinderfarbe." Hanna zog die Schultern hoch. „Ein Eyecatcher, ganz im Sinne der Sache." Sie lächelte ihn erneut an, was unbemerkt blieb.

„Ja, ich bin hier geboren", antwortete er. „Aber es wird Zeit für mich zu gehen." Er wendete sich ihr zu, senkte die Stimme: „Ich bin hier nicht mehr sicher."

„Oh ...", presste Hanna heraus. „Ist etwas passiert ...?" Ihre Stimme war zu hoch.

„Nur ein Scherz." Er zwinkerte Hanna zu. „Sie sind schreckhaft", stellte er noch fest.

„Eigentlich nicht", log sie und machte sich gerade.

Sie erreichten das Ende des Rosengässchens. Er nickte mit dem Kopf nach rechts, die Untere Pfarrgasse hoch. Als Hanna seine Hand zwischen ihren Schulterblättern fühlte, hielt sie den Atem an.

„Ist es noch weit?", fragte sie betont unterkühlt.

Er schüttelte den Kopf. „Wir sind gleich da. Ich bin zeitraubend, entschuldigen Sie." Peter Decker verbeugte sich leicht vor ihr, ohne langsamer zu werden. „Ich nutze es schamlos aus, dass sich jemand für mich interessiert", fügte er hinzu.

„Für ihren Lieblingsplatz", korrigierte Hanna ihn schroff. Als er nicht reagierte, schämte sie sich für ihre bissige Bemerkung. Warum war sie so überspannt?

„Haben Sie schon viele Lieblingsplätze gesammelt, Hanna Stein?"

Beim Klang ihres Namens zuckte Hanna zusammen. „Noch nicht, wir fangen gerade erst an ..."

Peter Decker sah über die Schulter zurück. „Jetzt links hoch." Dieses Mal wich sie frühzeitig aus, doch er machte keine Anstalten in ihre Richtung. Sie ließen die letzten Häuser hinter sich, vor ihnen lag ein schmaler Fußweg durch eine kleine Grünanlage.

„Kleiner Geheimweg, was?", sagte Hanna. Sie reckte den Hals.

„Einsames Fleckchen mitten in der Stadt", sprach Peter Decker aus, was sie befürchtete. „Dann deutete er mit dem ausgestreckten Arm vor sich. „Da ist es."

Hanna blickte erstaunt auf einen Asphaltstreifen vor einer Ligusterhecke.

„Okay …", sagte sie gedehnt.

„Hier hin." Er tippte mit der Schuhspitze auf eine Stelle.

„Was macht den Platz für Sie besonders, wenn ich fragen darf?"

Peter Decker verschränkte die Hände hinter dem Kopf, als spannte er seine Flügel aus.

„Befreiung. An diesem Ort habe ich mich befreit. Ich bin über mich hinausgewachsen."

„Wie schön", presste sie heraus.

Er zog spöttisch die Augenbrauen hoch. „Ich denke nicht, dass du das verstehst, Hanna."

Sie errötete, überschlug ihre Möglichkeiten. Schließlich holte sie stumm die Schablone und den Lack aus ihrem Beutel.

Er fuhr mit dem Fuß wiederholt die Stelle ab. „Na, mach schon", drängte er sie und kam einen Schritt zu nah.

Sie legte zuerst die Schablone an die angewiesene Stelle, schüttelte dann mit zitternden Händen die Spraydose. Das Lachen der beiden Frauen kam ihr in den Sinn. Sie kniete vor ihm, sprühte in seinem Schatten kauernd die Schablone aus. Ihr Herz schlug gegen die Brust wie gegen eine Gefängnistür.

„Warum weinst du?"

„Ich weine nicht", antwortete sie ohne aufzusehen.

Er lachte auf. „Natürlich nicht. Ich habe dich für einen kurzen Moment verwechselt. Ich weiß, ihr Frauen wollt einzigartig sein. Jede ein Unikat."

„Macht nichts", flüsterte sie.

„Ich muss dich auch enttäuschen, Hanna. Du bist nichts Besonderes. Nicht besser als jede andere."

Hanna richtete sich auf, hielt den Kopf gesenkt, die Spraydose in der einen, die Schablone in der anderen Hand. Der Mann an ihrer Seite atmete hörbar ein und aus, rieb sich mit den

Händen immer wieder unruhig durch das Gesicht. Als sie ihn aus den Augenwinkeln davongehen sah, liefen ihr die Tränen. Sie fror, das Zittern hatte sich von den Fingern auf den ganzen Körper ausgebreitet.

Eine ältere Dame mit Hund bog in den Weg ein und kam langsam näher. Neugierig betrachtete sie das pinke Herz auf dem grauen Asphalt. Ihr übergewichtiger Beagle schnüffelte mit langem Hals an dem noch feuchten Lack. Sie räusperte sich.

„Ist die Farbe nicht etwas zu fröhlich für eine Gedenkstätte?"

„Wie bitte?", hörte Hanna sich fragen.

„Ist auch egal. Ich finde es auf alle Fälle gut, an dieses furchtbare Ereignis zu erinnern, das hier stattgefunden hat." Die Alte hob den Zeigefinger. „Eine Ermahnung an alle Frauen! Nehmt euch in Acht vor fremden Männern. Kannten Sie die Tote? Nein? Schlimme, schlimme Geschichte ..." Sie seufzte und schüttelte den Kopf. „Einfach erdrosselt und liegen gelassen."

Sie schwiegen.

Der Beagle drückte sich umständlich an die Hecke und hob ein Bein, dabei glotzte er Hanna aus seinen müden Augen trübsinnig an.

Die Alte faltete ihre Hände. „Hoffentlich fassen sie den Kerl. Schreckliche Vorstellung, dass der sich noch in der Nähe aufhält. Finden Sie nicht?"

Der Waldbaron

Philipp Porter (Lützelbach)

Er wurde durch das Dorf getrieben. Blut floss aus seiner Nase; von seiner Stirn. Er wischte es sich mit dem Handrücken ab. Dann stolperte er, taumelte, fiel und blieb liegen. Die Arme zum Schutz erhoben schrie er: „Lasst mich …“. Dann wurde es still. Totenstill.

„Was haben wir?“, fragt Simone Grün, die sich ihre Jacke greift und Paul Kolb folgt.

„Es wurde in einem alten Brunnen, unter der Straße, eine skelettierte Leiche gefunden. Vermutung: Römer. Dann: nein. Er hatte D-Mark bei sich.“

„D-Mark?“

„Ja.“

„Wo?“

„Bullau“.

„Bullau? Da war ich ja noch nie. Da passiert doch nichts.“

Bei der Anfahrt überblickt Grün den Fundort. „Ganz schön was los hier“, meint sie und schaut zu Kolb.

„Ja. Ist sonst sehr still hier“. Ein Grinsen relativiert seine Aussage.

Kolb parkt und noch ehe er aussteigen kann, ist Grün schon beim Opfer, hat Latexhandschuhe an und beäugt eine Brieftasche.

„Sind D-Mark! Und ein schönes Bündel. Da ist noch ein verrosteter Schlüssel mit dabei.“ Sie hält Kolb den Fund entgegen.

„Logo von Opel“.

„Der ist ziemlich groß“, ruft ein Kollege der Spusi. „Die dachten, es wäre ein Römer. Brunnen ist aus der Zeit.“

„Noch etwas?“, ruft Kolb zurück.

„Nein. Nur Brieftasche. Keine Uhr, kein Ring, noch sonst etwas.“

Grün steht vor dem Brunnen und sieht hinein.

„Schön gemacht", meint sie. „Ist das aus der Römerzeit?"

Kolb nickt. „Denke schon."

„Und weshalb wurde er überbaut."

Kolb zieht die Schultern empor. „Dachten wohl, Platte drauf und gut ist."

Grün deutet zur Stahlplatte. „Die kann man nicht so einfach bewegen. Da braucht man schweres Gerät."

„In der betreffenden Zeit wurde niemand vermisst." Grün steht am Tisch und blättert sich durch Unterlagen. „Findest du das nicht seltsam?", fragt sie Kolb, der am PC sitzt.

„Ja. Laut KT sind es 9800 DM. Ende der 60iger viel Geld. Und so ein baumlanger Kerl. Fällt doch auf, wenn der weg ist."

„Was suchst du?"

„Flurgrundstücke. Ein Zettel, der zwischen den Scheinen steckte, ist eine Liste mit Flurstücken."

Grün tritt hinter Kolb. „Viele abgehakt."

Kolb nickt. „Vorschlag: Du gehst zum Katasteramt und ich nach Bullau. Vielleicht erfahre ich etwas, wenn ich mich in die Dorfkneipe setze."

Der Besuch im Katasteramt war kurz. Grün war auf dem Weg zu einem ehemaligen Mitarbeiter. Ein Gespräch mit einem Zeitzeugen brachte sicher Licht in die rätselhaften Grundstückskäufe, die sie entdeckt hatte.

„Na, das freut mich, …", sagt der alte Mann, der sich als Herr Georg Mohr bei Grün vorstellt. „… dass ich noch einmal von Nöten bin."

„Können Sie sich erinnern, an die Zeit, in der Sie im Katasteramt tätig waren?"

„Sicher. Ich bin 85, aber das hier …", und dabei tippt er sich mit dem Zeigefinger an den Kopf, „… funktioniert noch prächtig."

„Wenn ich Ihnen eine Liste zeige, die Flurstücke beinhaltet, denken Sie, dass Sie damit etwas anfangen können?"

Herr Mohr nickt. „Wenn ich Namen mit hinzubekomme. Nur mit Nummern alleine wird es schwierig."
Grün legt die mitgebrachten Blätter auf den Tisch. Herr Mohr schaut kurz darüber und schmunzelt. „Na, daran kann ich mich sehr gut erinnern. Auch ohne Namen."

Grün markiert gerade mit einem Stift die Grundstücke, die ihren Besitzer gewechselt hatten, als die Tür geöffnet wird und Kolb eintritt.
„Gibt's was Neues?", fragt er interessiert.
Grün hält ihm einen Schlüssel entgegen. „Die KT ist über ihre neueste Technik begeistert. Rekonstruktion von Gegenständen mittels 3D-Technik. Laserscanner und Drucker."
„Na dann. Hast du etwas erfahren, beim Katasteramt?"
Grün nickt. „Ja. Ich hatte ein interessantes Gespräch mit einem Zeitzeugen. Herrn Mohr."
Kolb stutzt. „Der muss ja schon als junger Mann dort gearbeitet haben."
„Ja, hat er. Und er kennt denjenigen, der die Ankäufe getätigt hat."
„Ankäufe?"
„Ja. Ende der Sechziger ging es los. Bauer Flath, Alias *Der Waldbaron*, hatte damals systematisch Grundstücke aufgekauft. Teils legal, teils ergaunert und zum Teil beim Kartenspiel gewonnen. Herr Mohr, der dann die notariellen Verkäufe bearbeitete, beschreibt den Waldbaron als einen unangenehmen Zeitgenossen. Arrogant, unhöflich und ein Gauner, wie er im Buche steht. Ach ja, auch kein Rock soll vor ihm sicher gewesen sein. Seltsam ist: Ein Jahr später gingen alle Grundstücke an die vorherigen Besitzer wieder zurück. Und bei dir?"
„Nichts. Die Alten aus Bullau sind nicht gerade redselig. Ich habe vier Runden Schnaps spendiert. Hat ihre Zungen aber nicht gelöst. Die Straßenbaufirma hätte damals den Brunnen abgedeckt, ein Schotterbett gelegt und dann den Asphalt aufgetragen."
Grün dreht den Schlüssel der KT auf der Schreibtischplatte im Kreis. „Man müsste das Auto finden. Dann hätten wir eine Spur."

Kolb lacht. „Der Opel wäre über 60 Jahre alt. Der existiert sicherlich nicht mehr."

Das Telefon summt. Kolb nimmt ab. Nach wortlosem Zuhören sagt er: „Danke".

Grün sieht ihren Kollegen fragend an. Der sieht ungläubig und wortlos zurück. Erst nach einer geraumen Weile meint er: „Der Tote hat 34 Knochenbrüche. Und diese wurden ihm mit mindestens 18 unterschiedlichen Tatwaffen zugefügt. Wir sollen nicht nur einen Täter suchen."

„Können wir über das Melderegister eine Abfrage nach Größe und Alter machen?"

„Denke nicht. Aber durchklicken und mitschreiben geht sicherlich auch. Nach was suchst du?", fragt Kolb und loggt sich am Computer ein.

„Es wird in Bullau und Umgebung niemand vermisst. Ein Fremder scheidet aus. Der hätte ja nicht die Liste mit den Grundstücken bei sich. Ich denke, da wurde jemand ersetzt. Ausgetauscht. Und jeder in Bullau weiß das."

Nach wenigen Minuten hatten sie das Melderegister geprüft und es blieb nur ein Name übrig, der vom Alter, wie auch von der Statur passte.

Grün greift sich ihre Jacke und ruft Kolb zu: „Kommst du?"

In Bullau angekommen gehen sie nochmals zum Brunnen, der mit einem Absperrband gesichert ist. Die Stahlplatte, die im Laufe der Jahre durchgerostet war und durch das Absenken der Teerdecke erst auf einen Defekt am Unterbau hinwies, liegt daneben.

„Die müssen was gesehen haben! Das Teil kann man nur mit schwerem Gerät bewegen. Dafür benötigt man eine Maschine oder viele starke Männer."

„Oder auch Frauen ...", meint Kolb und deutet die Straße entlang. Am Ende der Straße versammelten sich die älteren Frauen von Bullau an einem Hoftor.

Grün und Kolb gehen los. Nach ein paar Metern meint Kolb: „Ich habe das Gefühl, die warten auf uns. Ist wie in einem schlechten Film. Ermittler von Dorfbewohnern getötet, um ein Geheimnis zu bewahren."

„Hmm", murmelt Grün. „Ich denke, da liegst du nicht so ganz falsch. Siehst du den großen Mann, in der Mitte? Hinter dem Hoftor?"

„Ja. Und wenn ich mich recht erinnere, ist die Hausnummer am Tor, die vom Waldbaron."

„Denkst du das Gleiche, wie ich?", fragt Grün unsicher.

Kolb deutet nach vorne, zu der immer größeren Menge von Menschen, die sich vor dem Tor versammeln.

„Schau mal da hinten im Hof. In der offenen Scheune. Hast du den Schlüssel mit dabei?"

Die Menschentraube teilt sich wortlos. Grün und Kolb gehen hindurch und Augenpaare werfen ihnen feindselige Blicke zu. Nachdem Grün das Hoftor geschlossen hat und die Menge optisch ausgegrenzt ist, fühlt sie sich etwas besser.

„Sind Sie Herr Flath, der Waldbaron?", fragt sie den fast zwei Meter großen alten Mann, der vor ihr steht.

„So wurde ich schon lange nicht mehr genannt", erwidert Flath und nickt.

Eine alte Frau stellt sich neben ihn und nimmt seine Hand.

„Das ist Franz, mein Mann. Ich bin Johanna Flath."

„Mein Name ist Simone Grün. Kommissariat Erbach." Der gezeigte Dienstausweis unterstützt die knappe Vorstellung.

„Können Sie sich ausweisen?"

Der Waldbaron nickt, fasst in seine Jacke und zieht einen Personalausweis hervor.

„Immer griffbereit ...", sagt Grün und wirft Kolb einen vielsagenden Blick zu.

„Ist das Ihr Opel?" Kolb deutet dabei in die Scheune, in der ein alter Opel Diplomat steht.

„Ja. Baujahr 64", sagt Frau Flath und ihr Händedruck wird sichtbar fester.

Grün zieht den Schlüssel der KT aus der Tasche. „Darf ich mal schauen?"

Frau Flath sieht ihren Mann fragend an. Dieser nickt und sein Blick sagt: 'Lass sie. Es wird alles gut'.

Grün geht zum Diplomat, öffnet die Tür, steigt ein und kurz darauf schnurrt der Motor leise vor sich hin.

Männer, Frauen und Kinder kommen aus allen Richtungen herbei. Und alle umringen das Ehepaar Flath.

„Kinder, Schwiegerkinder, Enkel und Urenkel", murmelt der Waldbaron, noch ehe Kolb fragen kann.

„Warum? Warum wurde er so brutal erschlagen?", fragt Kolb.

„Er war ein sehr schlechter Mensch. Er betrog jeden im Dorf und zuletzt verging er sich noch an einem jungen Mädchen. Er …", und dabei deutet Frau Flath zu ihrem Mann, „… ist ein sehr guter Mensch. Er kam ein paar Tage früher, zufällig nach Bullau. Ich verliebte mich sofort in ihn. Es passte alles so gut zusammen. Es fügte sich, so, wie es hätte sein sollen. Und alle dachten ebenso."

Dann hört Kolb leise, rufende Stimmen.

„Ich war es."

„Nein, ich habe zugeschlagen."

„Nein, ich war es."

„Nein, ich …"

Die alten Frauen und Männer von Bullau stehen am Tor und jeder hebt eine Hand. Und einstimmig, wie beim Vaterunser in der Kirche, rufen sie: „Ich war es."

Stechgroschen

Markus Rödle (Mörlenbach)
Preisträger

Die Schenke war gut gefüllt. Das Lachen der Menschen er-
füllte die stickige Luft. Es war Samstagabend, die Arbeit der
Woche war getan. Die Menschen genossen einen unbe-
schwerten Augenblick in einem Leben, das nicht viele davon
bereithielt.
Nicht jeder Gast teilte die Ausgelassenheit.
Er saß abseits im Schatten, nahe der schiefen Treppe, die in
das Obergeschoss führte. Vor ihm ein Humpen Wein auf dem
Holztisch, die Kerze daneben längst zu einem toten Stumpen
verbrannt. Sein Name war Lukas. Er war Neberer. Das
Schmieden der Bohrer, die für die Herstellung von Achs- und
Speichenlöchern benötigt wurden, hatte er von seinem Vater
gelernt. Lukas' Können war bekannt. Der große, breitschult-
rige Mann brauchte sich nicht um Aufträge bemühen. Er
führte mit Anna ein bescheidenes Leben. Es war ihnen gelungen, etwas Geld auf die Seite zu legen. Es hätte für eine kleine,
eigene Schmiede gereicht. Nach der Hochzeit.
All dies war nun nicht mehr wichtig.
Seine Frau war tot. Der Traum von einem bescheidenen Ge-
werbe, das sie ernährte, verloren. Heute Morgen hatte er sie
außerhalb des Friedhofs verscharrt. Sie war in den Freitod gegangen. Kein Platz in geweihter Erde für Selbstmörder.
Anna hatte die Schmach nicht ertragen. Dabei war sie zuver-
sichtlich gewesen. Sie hatte darauf bestanden, den Stechgroschen zurückzuhalten: das Geld, mit dem sie sich hätte frei-
kaufen können. Stattdessen war sie dem Befehl des Erbacher
Grafen gefolgt – das Recht der ersten Nacht. Es würde
schnell vorüber sein, hatte sie gesagt, als die Männer sie hol-
ten. Der Blick in Annas Augen bei ihrer Rückkehr, sagte Lukas, dass es nie vorbei wäre. Das leuchtende Strahlen, das er
so geliebt hatte, war für immer erloschen.
Dunkelheit hatte von Lukas Besitz ergriffen. Der verfluchte
Graf! Der Schmied hatte nicht geahnt, wie sehr man einen

Menschen hassen, wie sehr man sich einen Tod ersehnen konnte.

Die Taler für die Schmiede waren dahin. Der Stechgroschen, der Annas Leben hätte retten können, war zu vergiftetem Geld geworden. Lukas hatte sich davon ein Stilett gekauft. Prächtig geschmiedet, eine dünne, stabile Klinge, aufwändige Verzierungen an Parierstange und Heft. Der Schmied hatte keine Verwendung für eine solch wertvolle Waffe - einzig, wenn er sie dem Grafen in den Leib stoßen würde.

Lukas hatte alles durchdacht. Der Graf ging jeden Sonntag in der Einhardsbasilika zur Beichte. Die Wachen vertrieben alle Menschen aus dem romanischen Kirchenschiff. Niemand sollte in der Nähe sein, wenn der Graf sich seiner Sünden entledigte. Doch es würde nicht der Pfarrer im Beichtstuhl auf ihn warten. Wenn sich der Graf nach vorne beugte und durch das Holzgitter um Absolution verlangte, träfe ihn Lukas' dünne Klinge.

Welche Qualen danach auf ihn warteten ... nach dem Tode des Grafen endete jegliche Vorstellungskraft des Schmieds.

Lukas wusste, dass das nie geschehen würde.

So sehr ihn der Hass verbrannte - er war dazu nicht fähig. Du sollst nicht töten! Das fünfte Gebot stand in unerschütterlicher Klarheit vor ihm. Kein Weg, der daran vorbeiführte.

Gottes Gesetz war nicht in der Lage, seine Pein zu mildern, doch es zeigte Lukas Falsch und Richtig.

Falsch und Richtig – Bitterkeit griff nach dem Schmied. War es richtig, dass der Graf nach seiner Frau verlangen durfte? Überhaupt nach jedem Weib, das frisch getraut worden war?

Lukas' Blick folgte Margret, wie sie den grölenden Männern neue, volle Humpen brachte. Derbe Sprüche, Griffe an Hintern oder Busen. Die Schankmaid hatte sich daran gewöhnt.

Auch sie hatte der Graf einst in sein Bett gezwungen. Gernot, ihr Mann, wollte den Stechgroschen zahlen. Doch das Geld wurde zurückgewiesen. Das Verlangen des Grafen nach der jungen Frau war größer als nach den wenigen Talern.

Auch Margret war verändert zurückgekehrt. Auch sie hatte vergeblich versucht, ihr altes Leben fortzuführen. Als sie erkannte, dass ein neues in ihr heranwuchs, hatte Gernot sie verlassen.

Allein, mittellos ein Kind zu versorgen – Margret verstand, dass das Leben keine Freude mehr für sie bereithalten würde. Doch anders als Anna gab sie es nicht auf. Selbst wenn ihr neuer Lohn, wenn sie mit den Schankgästen aufs Zimmer ging, weitaus geringer war als der Stechgroschen, den der Graf verschmäht hatte.

Die Tür zur Schenke wurde aufgestoßen. Da war er! Von einigen Wachen begleitet betrat der Graf die Schenke. Das Gelächter erstarb gleich einer flackernden Flamme im eisigen Wind. Finster musterte der Fürst die Anwesenden. Niemand wagte es, seinen Blick zu kreuzen. Dann erscholl sein derbes Lachen:

„Aufrechte und freie Bürger von Michelstadt! Warum so ernst? Meine Freunde und ich wollen nur an Eurer Geselligkeit teilhaben."

Der Blick des Grafen traf einen Kesselflicker, der im Begriff war, aus der Schenke zu flüchten.

„Ich werde es jedem persönlich übelnehmen, der dies ausschlägt."

Der Kesselflicker blieb. Wie auch alle andern. Der Graf hielt sie frei, doch es erhellte nicht die Stimmung. Die bloße Anwesenheit des Fürsten hatte es verdorben. Seine Schergen machten sich ihren Spaß mit den einfachen Menschen. Sie ereiferten sich an deren Angst und Unterwerfung. Keiner der Mut oder Todessehnsucht besaß, dagegen aufzubegehren. Das Lachen des Grafen befeuerte den boshaften Ehrgeiz seiner Männer. Aus einem fröhlich voranschreitenden Abend war eine sich quälend dahinziehende Nacht geworden.

Doch selbst diese sollte ein Ende haben; wie jedes Glück und jedes Leid dieser Erde ein Ende findet.

Die Wachen waren betrunken. Einige schliefen bereits an den Tischen. Der starre Blick des Grafen schien auf etwas gerichtet, das nur er selbst sehen konnte. Als die Gäste des Zustandes ihres ungebetenen Fürsten gewahr wurden, flohen sie. Froh darüber, außer an ihrem Stolz keinen weiteren Schaden genommen zu haben. Die Schänke leerte sich. Dann waren es nur noch drei: Der Graf, Margret und Lukas in seiner Nische bei der Treppe. Hatte man den Schmied übersehen oder bewusst gemieden? Bislang war ihm keine Aufmerksamkeit zu teil worden.

Mit einem Ruck fuhr der Graf hoch und ergriff Margret am Arm.

„Ich kenne Dich! Warst Du nicht schon in meinem Bett?"
Der Graf wankte, seine Worte waren ein schwer verständliches Lallen.

Lukas sah den Hass, den er fühlte, in Margrets Augen:
„Wenn Ihr bei mir liegen wollt, müsst Ihr zahlen!"

„Was bildest Du Dir ein, Hure? Sei dankbar, dass Dein Fürst sich mit Dir abgibt."

Er hob die Hand, um Margret eine Ohrfeige zu geben. Er verlor das Gleichgewicht. Der Hieb ging ins Leere. Margret stützte ihn, bevor er fiel.

„Ihr seid betrunken!"

„Ja …", raunzte er.

Lukas war aufgestanden. Mit langsamen Schritten, denen anzusehen war, wie viel Kraft sie ihm kosteten, ging er auf den Grafen zu. Margret sah ihn an. Für einen kurzen Moment trafen sich ihre Blicke. Zwei Geschundene. Lukas spürte das Stilett in der versteckten Scheide am linken Unterarm. Margret schüttelte unmerklich den Kopf.

Der Graf ließ sich schwer auf die Bank fallen. Sein Atem ging angestrengt, der Kopf pendelte bedrohlich von einer Seite zur anderen. Margret wich zurück. Lukas war auf zwei Schritte heran. Der Graf war fast ebenso groß wie er und von kräftiger Statur. Dessen Skrupellosigkeit war sein Vorteil. Doch es würde zu keinem Kampf kommen. Der Graf war wehrlos. Jedes Weib konnte ihm die Klinge in den Leib treiben. Lukas zog die Waffe. Er stand neben dem Grafen. Schweiß hatte sich auf dessen Stirn gebildet, das Gesicht von tiefroter Farbe. Nur mühsam konnte er den Kopf heben.

„Aah, der Schmied! Es ist wohl jegliches Gesindel von Michelstadt heute hier vertreten."

Er litt Schmerzen. Die Worte waren gepresst. Lukas setzte die Klinge an den Hals des Grafen, aber Margret hielt ihn zurück:
„Nein!", ein Befehl - kein Bitten.

„Er hat den Tod verdient!", Lukas verstand nicht.

„Er wird ihn ereilen!"

Der Graf hustete, erbrach blutigen Auswurf.

„Ich habe ihm etwas gegeben, das Schmerzen verursacht ..."

Der Graf schrie auf, presste die Hände auf seinen Leib.

„... verkürze nicht seine Qual!"

Der Graf war auf die Knie gegangen. Er wurde erneut von einem Hustenanfall erfasst. Würgen und verzweifeltes Ringen nach Luft. Margret bekam ihren Willen. Es dauerte seine Zeit. Dann kehrte Stille ein.

„Hast Du keine Angst vor dem, was sie mit Dir machen werden?", fragte Lukas – bittere Erkenntnis und Entsetzen gleichermaßen in seiner Stimme.

„Was können Sie mir noch antun?", ein verzweifeltes Lachen.

„Und dein Kind?"

Die Härte wich aus ihrem Antlitz. Ihre Augen brachen, Tränen rannen über die Wangen. Lukas blickte von Margret zu dem Leichnam des Grafen. Lukas' unheiliger Wunsch hatte sich erfüllt. Doch verspürte er nichts. Keine Genugtuung, kein Nachlassen des Schmerzes.

Der Tod des Grafen bedeutete nicht das Ende des Leids. Sie würden Margret foltern und in den Schandkorb stecken. Vor den Augen der Bürger würde sie verhungern, ihr Körper zur Nahrung von Krähen werden.

Lukas nahm den Dolch und stieß ihn tief in das offene Auge des Grafen.

Margret sah ihn fassungslos an.

„Geh einfach!

Sag, dass der Graf noch gelebt hat, als man Dich weggeschickt hat. Nur noch Lukas, der Schmied, sei bei ihm gewesen."

Späte Vaterliebe

Lena Maria Rupp (Groß-Rohrheim)

Unruhig bewegte er sich auf dem harten, muffig riechenden Sitz hin und her. Seit seiner Abfahrt in Hamburg hatte es nicht aufgehört, zu regnen. Zunächst hatte ihm das monotone Geräusch geholfen, in einen Halbschlaf zu fallen und das Ziel seiner Reise zu vergessen. Gegen Mittag wurde er aufgeweckt von zunächst fernen, dann immer näherkommendem Donnergrollen. Sein Herzschlag beschleunigte sich, seine Kiefermuskeln spannten sich an und er spürte feine Schweißtropfen seinen Brustkorb hinunterrinnen, dabei hatte er keine Angst mehr vor Gewittern, seit er fünf war. Die Tropfen prallten nun immer lauter gegen die Fensterscheiben. Schnell und geräuschvoll zog das Gewitter an ihnen vorbei. Gegen Mittag wurde es wieder ruhig, aber er konnte das Gefühl nicht abschütteln, dass da noch was kommen würde, hinter der nächsten Kurve auf ihn warten und entdecken würde.

Er hatte nicht zurückkommen wollen, aber die Ärztin am Telefon hatte gesagt, diesmal sei es ernst. Die halbseitige Lähmung vom letzten Schlaganfall hatte sich nicht zurückgebildet und der erneute Sturz habe das Sprachzentrum angegriffen. Der Umstieg vom ICE in die Odenwaldbahn hatte ohne Verspätung geklappt. Am frühen Nachmittag erreichte er seine Heimat. Es regnete auch hier in Strömen. Das Grau seines Inneren vermischte sich mit dem Grau der Landschaft. Schnell lief er vom Bahnhof zu seinem Elternhaus, darauf bedacht, nicht am Gottesdienstgebäude vorbeizumüssen, dass sie früher schwarzes Monstrum getauft hatten.
Vor dem Haus dauerte es einen Moment, bis er sich orientiert hatte. Die Rosen waren geschnitten und die Hecken gestutzt. Das Gebäude lag kahl und stumm vor ihm. Sein Atem beschleunigte sich. Gleich würde er ihm entgegentreten müssen- das erste Mal seit Mutters Tod. Sie war vor sechs Monaten gestorben. Keine Kirche, nur eine Waldbestattung. Er konnte seit Teenagerzeiten keine Kirche mehr betreten. Beim Gedanken an das schwarze Monstrum wurde sein Atem schneller.

„Denk an das Rezept", mahnte er sich, so hatte er es mit seiner Therapeutin ausgemacht. „Einatmen, ausatmen, kochen im Geiste", hatten sie es genannt und er hatte einen kompletten Gemüseauflauf gedanklich zubereitet. Es hatte die letzten Panikattacken nicht verhindern, aber abmildern können.

Der Anblick des Vaters war ernüchternd banal. Seit dem letzten Besuch hatte er abgenommen, Speichel rann seinen Mund hinunter. Er nickte ihm stumm zu, erhielt aber keine Antwort. Es gab nichts zu fürchten. Und doch spürte er die Enge in seiner Brust und war erleichtert, als Ilva pünktlich um Zwei aus ihrer Mittagspause zurückkam.

„Schön, dass Sie da sind", begrüßte sie ihn mit all der Herzlichkeit, für die es zwischen ihm und seinem Vater nie gereicht hatte.

„Der Doktor hat gesagt, wir sollen ihm Bilder zeigen von früher, dass er sich erinnert, dass er wieder sprechen lernt", nickte sie eifrig.

„Bilder finden von früher, das dürfte nicht so schwer sein", entgegnete er und war dankbar für die Entschuldigung, sich nicht im selben Raum wie der Vater aufhalten zu müssen.

Nach dem Nachmittagskaffee machte er sich auf den Weg in den Keller. Zwei alte Fotoalben ragten aus einer Kiste heraus. Kommunionsbilder. Ihm wurde schlecht und er erbrach sich auf den Kellerfußboden.

„Einatmen, ausatmen, Brokkoli waschen, Karotten schälen", sagte er laut und beruhigte sich langsam.

Zufällig fiel sein Blick auf die alte Truhe der Mutter, ein Erbstück aus dem vorigen Jahrhundert. Er wusste, sie hatte auch da Fotos aufbewahrt. Als er den schweren Deckel geöffnet hatte, schlug ihm ein süßlich-abstoßender Geruch entgegen und seine Augen begannen zu tränen. Nur verschwommen konnte er die Überreste eines menschlichen Körpers erkennen, bevor er sich erneut auf den Kellerfußboden erbrach.

Als oben Ilvas energische Schritte über den Flur hallten und er ihr Klopfen an der Kellertür hörte, taumelte er die steile Kellertreppe hinauf. Immer wieder musste er sich stützen und sank schließlich in den großen Ohrensessel im Wohnzimmer.

Ilva bereitete schon das Abendessen vor und beugte sich über ihn.

„Geht es dir nicht gut? Du bist blass" sagte sie, und halb hoffte er, sie würde sich auf den Weg in den Keller machen und sehen, was er soeben gefunden hatte, damit er nicht mehr alleine war mit diesem schrecklichen Geheimnis.

„Ich habe Schwindeltabletten, wenn du willst. Ich nehme sie jeden Tag, wegen meinem Blutdruck." Wortlos nickte er und starrte seinen Vater im Sessel neben ihm an. Viel hatte er ihn über die Jahre genannt, aber einen Mörder? Sein Vater war jähzornig gewesen, gewalttätig, aber jemanden umbringen? Er hatte nicht geglaubt, seinen Vater noch mehr hassen zu können. Wie er sich getäuscht hatte.

Die ganze Nacht wälzte er sich schlaflos hin und her. Das heranziehende Gewitter wurde stärker und das ganze Haus schien unter den Donnerstößen zu ächzen. Er hatte noch nie mit den sprichwörtlichen Leichen im Keller seines Vaters zu tun haben wollen, deshalb vor 20 Jahren das Geschäft nicht übernommen und 600 Kilometer entfernt sein Glück versucht - dass diese real werden würden, hatte er nicht ahnen können. Am liebsten wäre er so schnell wie möglich abgereist. Aber seine Neugier überwog.

Beim Frühstück am nächsten Tag beobachtete er den Vater und verhandelte stumm dessen Schicksal. Mord verjährte nie, das wusste er. Aber in seinem Zustand? Kein Gericht der Welt würde den Vater bestrafen. Er war zu alt, zu nah dem Tod. Aber ihn decken? Wollte er das? Musste er nicht endlich büßen für all seine Fehler? Dafür, ihn nicht beschützt zu haben? Er wurde aus seinen Gedanken gerissen, als dem Vater die Gabel aus der Hand fiel und eine schmierige Linie auf der frisch bezogenen, nach chemischer Reinigung riechenden Tischdecke hinterließ. Unwillkürlich zog er die Schultern ein und wartete auf sein Brüllen, aber nichts kam. Mit gesenktem Blick versuchte er eine Regung des Vaters zu erkennen, irgendetwas, das ihn warnte, aber da war nichts. Erst als er aufblickte, sah er, wie der Vater unbeholfen versuchte, die Gabel auf dem Tisch zu greifen. Stumme Tränen rannen über seine Wangen.

Fast konnte man Mitleid mit ihm haben, dachte er, aber dann erinnerte er sich an seinen Fund im Keller und Ekel überkam ihn. Er hatte nicht geglaubt, seinen Vater noch mehr hassen zu können. Wie er sich getäuscht hatte.

„Ich suche weiter nach Bildern, Ilva" rief er in die Küche und machte sich auf den Weg nach unten. Mit einem Tuch über dem Gesicht öffnete er die Truhe erneut. Ein Schimmern in der rechten Ecke ließ seinen Blick auf eine teure Uhr aus Gold fallen, daneben ein Rosenkranz. Die Erkenntnis, wer da unten all die Jahre gelegen hatte, traf ihn mit voller Wucht. Liebe überflutete ihn.

Zu spät hörte er das Knarzen der Kellertür- Ilva. Sie stand bereits vor der Truhe. Ihre Teetasse zersplitterte in tausend Stücke. Einen Moment hatte er Angst, sie würde umkippen.

„Martin, das war ein Mensch, oder? Weiß dein Vater, was hier unten liegt? Wir müssen das melden. Ich gehe das Handy holen und rufe die Polizei".

Ilva eilte die Treppe hinauf. Dann passierte alles gleichzeitig. Er hörte den Vater seinen Namen rufen und rannte ihm entgegen an Ilva vorbei, die bereits die 110 eingetippt hatte. Kurz blieb er stehen und wartete auf die Vorboten der nächsten Panikattacke. Aber er spürte nichts. Ein einziger Gedanke breitete sich in ihm aus. Er stieß Ilva die Stufen hinunter und hörte das Knacken ihres Schädelknochens.

Im gleichen Atemzug schob er die Truhe mit aller Kraft in einen anderen Raum, nahm Uhr und Rosenkranz an sich, sprühte Raumerfrischer, um den Geruch der Leiche zu überdecken, rief einen Rettungswagen und setzte sich dann zu seinem Vater. Ein leichtes Lächeln des Vaters und die Gravur auf der Uhr bestätigten seine Erkenntnis.

Der Notarzt konnte nur noch Ilvas Tod feststellen.

„Sie hatte Probleme mit ihrem Blutdruck und Schwindel. Manchmal hat sie zwei oder drei von den kleinen blauen genommen". Mit einem Nicken bestätigte der Vater seine Geschichte und deutete mit zittrigen Kopfbewegungen auf das kleine Medizinschränkchen neben dem Küchenschrank.

Es gab keine weiteren Fragen. Der Notarzt ging von einem plötzlichen Schwächeanfall aus und Ilvas Familie holte ihre persönlichen Wertgegenstände ein paar Tage später.

Er blieb noch, bis sie eine neue Pflegerin gefunden hatten. „Bis in zwei Wochen", verabschiedete er sich vom Vater und strich ihm zärtlich über die Hand. Als er zum Bahnhof lief, nahm er die Narzissen auf den Grünstreifen rechts und links von ihm wahr. Die Frühlingssonne tauchte die Kirche in ein helles, freundliches Licht.

All die Jahre, in denen er sich gefragt hatte, wohin Priester Jakob versetzt worden sei und was dort mit kleinen Jungen nach dem Kommunionsunterricht passierte, hatte er hier in seinem Odenwälder Elternhaus gelegen, sicher in einer Truhe verschlossen und verwesend. Der Vater hatte ihn also doch beschützt.

Er hatte nicht geglaubt, seinen Vater lieben zu können. Wie er sich getäuscht hatte.

Und ständig stirbt ein Bürgermeister

Harald Schneider (Schifferstadt)

Es hätte so ein schöner Tag werden können. Als Kriminalhauptkommissar gehörte ich zu den glücklichen Menschen, die von sich behaupten konnten, einen tollen Job zu haben. Klar, wo Sonnenschein ist, da gibt es auch Regen. Dieser Regen war bei uns jedoch eher ein Tornado und trug den Namen Klaus P. Diefenbach. Oder auch KPD, wie wir unseren Chef und Dienststellenleiter hinter seinem Rücken nannten. Größenwahn, Egoismus, Arroganz und Nichtwissen waren seine wesentlichen Charakterzüge, die er bis zur Vollkommenheit beherrschte. Zum Glück war er meist mit sich selbst und seinen ständig wechselnden abstrusen Ideen beschäftigt, sodass wir ihm leicht aus dem Weg gehen konnten.

Mit seinem neuen Projekt übertraf er sich mal wieder selbst. Er hatte beschlossen, an einem Krimischreibwettbewerb des Odenwaldkreises teilzunehmen.

„Ich als guter Chef bin geradezu prädestiniert, den besten Krimi zu schreiben", meinte er in überheblichem Ton. „Und Sie, Herr Palzki, dürfen mich zur Siegerehrung begleiten."

So kam es, dass ich eines Tages meinen Chef zur Preisverleihung nach Erbach in die Werner-Borchers-Halle begleiten musste.

Am Ziel angekommen, echauffierte sich mein Chef, weil ihm niemand einen Parkplatz direkt neben dem Eingang reserviert hatte: „Das wäre in meinem Zuständigkeitsgebiet nicht vorgekommen. Bei uns weiß man schließlich, wie man seine Gäste anständig behandelt."

Die Halle war bereits gut mit Menschen gefüllt. Mit herausgestreckter Brust betrat KPD in seiner maßgeschneiderten Polizeiuniform die Halle, während ich motivationslos hinterherschlurfte. „Ich bin Klaus P. Diefenbach", stellte er sich der Dame am Eingang vor. „Meine authentische Kriminalgeschichte wird heute den ersten Preis gewinnen", ergänzte er siegessicher.

Die Dame holte tief Luft und seufzte. „Das wollen doch alle Teilnehmer, lassen Sie sich überraschen. Sie haben aber Glück und dürfen am Tisch des Erbacher Bürgermeisters sitzen." Mein Chef nickte zufrieden und wir wurden an einen dekorierten Tisch in Bühnennähe geführt. „Herr Bürgermeister", sagte sie zu einem beleibten Mann in den Fünfzigern, „Herr Diefenbach ist angekommen."

Der Bürgermeister stand auf und schüttelte uns die Hände. „Freut mich sehr, Sie kennenzulernen", begrüßte er uns. „Mein Name ist Guido Mayr, Bürgermeister von Erbach." Er deutete auf eine sportliche Frau neben ihm, die sich gerade mit einer Bedienung unterhielt. „Das ist meine Frau Beate. Aber nehmen Sie doch Platz, meine Herren. In einer halben Stunde beginnt die Veranstaltung, bis dahin sollte auch mein Amtskollege aus Michelstadt hier sein und ..." Der Bürgermeister drehte sich zu seiner Frau, die sich immer noch mit der Bedienung unterhielt. „Was ist los, Beate?", herrschte er sie in autoritärem Ton an.

„Jemand hat einen Brief für mich abgegeben", stotterte seine Frau und zeigte ihrem Mann verunsichert das Kuvert.

„Ich habe den Brief neben der Kasse gefunden", erklärte die ziemlich eingeschüchtert wirkende Bedienung. „Niemand hat gesehen, wer ihn dort hingelegt hat."

Guido Mayr bekam einen roten Kopf. „Wenn das wieder ..." Er unterbrach seinen Satz und riss seiner Frau den Brief aus der Hand. „Zeig mal her." Mit dem Stiel eines Kaffeelöffels öffnete er hastig den Brief. „Da steckt eine Glückwunschkarte drin, was soll das nun wieder bedeuten?" Der Bürgermeister entfernte die Cellophanhülle, mit der die Karte eingeschlagen war.

„Boah, die Karte stinkt ja wie ein Eimer voller Knoblauch". Angewidert zog er seinen Kopf zurück, während er die Karte in der Hand hielt. „Was ist das? Die ist total verklebt. Da muss offensichtlich irgendetwas ausgelaufen sein."

Dies waren die letzten Worte im Leben des Erbacher Bürgermeisters. Einem einsetzenden Schweißausbruch folgten Sekunden später wilde Muskelzuckungen seiner Gesichtspartien. Nachdem er sich auf den Tisch erbrochen hatte, fiel er krampfgeschüttelt vom Stuhl.

Eine Frau kam angerannt, um ihm zu helfen. Während mein Chef ratlos auf das Geschehen starrte, hatte ich die Misere längst erkannt. „Vorsichtig! Nicht anfassen!", schrie ich ihr zu. „Ziehen Sie sich Handschuhe an!"

„Ich bin Ärztin", meinte die Helferin.

„Trotzdem, ich tippe auf Parathion. Rufen Sie einen Kollegen mit einem Gegengift."

Zum Glück reagierte die Medizinerin besonnen und ließ von dem immer noch zuckenden Opfer ab. Ich drängte weitere Personen ab, die sich um den Bürgermeister kümmern wollten. „Niemand darf ihn anfassen. In dem Kuvert befand sich höchstwahrscheinlich ein Kontaktgift."

„Wir können ihn doch nicht einfach so liegen lassen!", mischte sich jemand ein.

„Doch wir müssen", unterstützte mich nun die Ärztin. „Wenn wirklich E 605 im Spiel ist, kann jede Berührung tödlich enden. Die Kollegen sind gleich da."

Wenige Minuten später kam der Krankenwagen. Da die Sanitäter bereits über den Verdacht informiert waren, sperrten sie den Bereich um den inzwischen bewusstlosen Guido Mayr ab. Zwei Notärzte schlüpften in weiße Vollschutzanzüge. Einer der beiden verabreichte dem Bürgermeister mehrere Spritzen. Dann trugen sie ihn auf einer Trage aus der Halle.

In Bühnennähe kümmerte sich ein weiterer Sanitäter um die unter Schock stehende Beate Mayr.

Ich hatte nun Zeit, mich mit den inzwischen eingetroffenen Polizisten zu unterhalten.

„Es war ein Riesenglück, dass Sie zufällig anwesend waren, Herr Palzki. Nicht auszudenken, was alles hätte passieren können."

„Manchmal gehört auch ein bisschen Glück dazu. Aber es steht ja noch nicht genau fest, ob es sich tatsächlich um E 605 handelt."

„Die Wahrscheinlichkeit ist sehr hoch", meinte einer der Erbacher Beamten. „Der Täter hat das sehr geschickt gemacht. Er ließ die Cellophanhülle dran, da das Gift normalerweise schnell verdampft. Der typische stechende Knoblauchgeruch des Vergällungsmittels bemerkt man so erst, wenn es zu spät ist. Nur wenige Menschen wissen, dass E 605 ein starkes Kontaktgift und sehr leicht hautdurchlässig ist." Der Beamte wurde durch ein Signal seines Sprechfunkgerätes unterbrochen.

„Verdammt", fluchte er, als das Gespräch beendet war. „Guido Mayr ist noch auf der Fahrt zur Klinik verstorben. Man verabreichte ihm zwar Atropin, letztendlich hat sich sein Herz aber als zu schwach herausgestellt."

Während mein Chef sich erfolglos bei den Organisatoren beschwerte, weil man seine Gewinnergeschichte boykottiert und die Veranstaltung abgesagt hatte, ging ich zur Witwe. Als Polizeibeamter war ich berufsbedingt per se neugierig, auch wenn ich heute bei diesem feigen Kapitalverbrechen nicht ermitteln musste.

„Wenn ich mir vorstelle, dass ich fast selbst das Kuvert geöffnet hätte", sagte sie mir unter heftigem Schluchzen.

„Warum hat Ihr Mann überhaupt den Brief geöffnet?"

„Krankhafte Eifersucht", flüsterte sie. „Natürlich grundlos", ergänzte sie. „Er öffnete meine Post und kontrollierte einfach alles, es war furchtbar mit ihm." Sie begann, erneut zu weinen.

„Können wir, Herr Palzki?" KPD riss mich aus meinen Gedanken. „Die Preisverleihung wurde abgesagt, es gibt also keinen Grund mehr für uns, hierzubleiben."

Ich nickte ihm zu und ging zu dem leitenden Erbacher Polizeibeamten, um uns zu verabschieden.

„Stellen Sie sich vor, Herr Palzki", sagte er mir aufgeregt. „Vor fünf Minuten hat man Bernd Austermann, den Bürgermeister von Michelstadt und guten Freund von Herrn Mayr, tot im Vorgarten seines Hauses gefunden. In der Hand hielt er die gleiche Glückwunschkarte wie die, die an Beate Mayr adressiert war. Die Kollegen vermuten, dass er die Karte aus seinem Briefkasten holte, bevor er zur Veranstaltung fahren wollte."

Einen Tag später verabschiedete Beate Mayr zwei Beamte der Kriminalpolizei, die sie zuhause aufgesucht hatten, um ein paar offene Fragen zu klären.

Die Witwe des Bürgermeisters beobachtete durch das Küchenfenster, wie die Polizisten in ihren Wagen stiegen und fortfuhren. Sie atmete ein paar Mal tief durch, schaltete das Radio ein und ging ins Bad. Aus einem Schränkchen zog sie hinter einer Shampooflasche ein kleines Fläschchen hervor. Wegen des Totenkopflogos auf dem Etikett hatte sie das Gefäß sicherheitshalber fest in einem Gefrierbeutel verpackt. Frau Mayr betrachtete kurz das Fläschchen, bevor sie es lächelnd tief in ihrem Hausmüll vergrub. Alles war todsicher kalkuliert. Endlich konnte sie sich ihren Traum erfüllen und selbst Bürgermeisterin von Erbach werden. Nun war sie endlich ihren machtbesessenen Mann los, der sie ständig unterdrückt hat. Es wurde Zeit, dass endlich eine Frau die Gemeinde führt, dachte sie. Ihr mörderischer Plan mit den beiden Kuverts hatte einwandfrei funktioniert. Irgendwann würde sie es ihrer Freundin gestehen: Gaby hasste ebenfalls ihren Mann und vielleicht würde auch sie das Erbe ihres Mannes übernehmen wollen, und als Bürgermeisterin von Michelstadt kandidieren. Gemeinsame Frauenpower würde den beiden Gemeinden sicherlich guttun. Und wenn der Landrat nicht nach ihren Regeln spielen würde, dann hätte sie auch für ihn noch eine Karte übrig. Beate Mayr lehnte sich entspannt in ihren Lieblingssessel, im Radio dudelte ‚I shot the Sheriff‘.

Der besondere Kurgast

Meike Schwagmann (Wächtersbach)

Ludwig schaute kritisch auf sein Werk und nickte dann zufrieden. Die frisch gescheuerte Metallwanne in der Michelstädter Kaltwasserheilanstalt stand wieder bereit für die nächste Anwendung. Er wischte noch einmal über den Wannenrand, dann trat er ans Fenster mit Blick auf die gediegene Parkanlage. Sie erstreckte sich weitläufig rund um das vierflügelige Gebäude in der Frankfurter Straße. Seine beschaulichen Wege führten durch symmetrisch angelegte Grasanlagen an einem Springbrunnen vorbei und lud sowohl die Kurgäste als auch die Zerstreuung suchende Michelstädter Oberschicht zum Flanieren und Verweilen ein.

Ludwig wusste, er hatte Glück gehabt, hier im Sanatorium als Helfer der Badewärter eingestellt zu werden, obwohl er in dieser Richtung keinerlei Erfahrung besaß. Sein Vorgänger hatte sich dummerweise an genau dem Tag den Arm gebrochen, an dem Ludwig am Strang der Glocke an der Hintertür gezogen hatte, um nachzufragen, ob sie für eine helfende Hand etwas Arbeit hätten. Er wurde sofort zum Hausherrn und behandelnden Arzt Dr. Wilhelm Spiess gebracht, der vor Freude die Hände zusammenschlug. "Sie schickt wirklich der Himmel."

Keiner fragte, wo er herkam und was er bislang gemacht hatte, so froh waren sie, dass sie mit ihm so schnell Ersatz gefunden hatten.

Tatsächlich hatte man Ludwig bei seiner vorherigen Stelle im Beerfelder Gasthaus *Zur Traube* hochkant hinausgeworfen. Eine große Rolle hatte bei der Geschichte das Wort *Choleriker* gespielt, was ihm seit jungen Jahren anhaftete wie ein schmieriger Fleck auf dem Wams, der jeder Behandlung widerstand, um nur noch hartnäckiger im Leder hängenzubleiben. Wann immer ihn jemand so nannte, malmte er mit den Zähnen und ballte seine Fäuste fest zusammen. Wenn er Glück hatte, schaffte er es, sich abzuwenden und zu gehen, manchmal sorgte sein Gegenüber für Entspannung. Doch so ging es nicht immer aus.

Wie zum Beispiel bei der Angelegenheit in der *Traube*. Ludwig dachte grimmig an den Übernachtungsgast zurück, während er ein paar Handtücher auf einem Holzbrett neben der Wanne drapierte. Er hatte ihn bis aufs Blut gereizt, in dem er an allem herumgemäkelt hatte, nicht nur am Essen, sondern auch an der Art und Weise, wie Ludwig ihm dieses gebracht hatte. Erst hätte er von der falschen Seite serviert, dann viel zu nah gestanden. Im nächsten Moment fehlte das Salz und alsbald der Pfeffer und den Koch wollte der Elendige auch noch zu sich an den Tisch geholt sehen. Ludwig konnte sich nicht erinnern, dass er jemals so einem unangenehmen Gast die Mahlzeit serviert hätte. Ein grässlicher Mensch, der ihn anging wie ein Pickel am Allerwertesten.

Ludwig wrang die nassen Tücher aus, die von den Badegästen benutzt worden waren, und stopfte sie in den Korb für die Wäscherei. Dabei dachte er daran, wie er in der *Traube* versucht hatte, die ganzen Beleidigungen auszuhalten. Doch irgendwann war ihm der Kragen geplatzt und er hatte den Gast einen eingebildeten Pinsel und Erbsenzähler genannt, so dass der empört nach dem Besitzer der *Traube* verlangte. Ludwig hatte noch nicht einmal Luft holen können, um sich zu verteidigen, da hatte der Wirt ihn schon auf die Straße gesetzt. Und sein Beutel mit seinem ganzen Hab und Gut war ihm gleich hinterhergeflogen. Ludwig hatte vor Wut gekocht und sich geschworen, es dem Gast heimzuzahlen.

Noch am selben Abend hatte er dem Mann bei einem Spaziergang die Anhöhe in Richtung Airlenbach hinauf unbemerkt folgen können. Und sie waren schon fast beim Beerfelder Galgen angelangt, als Ludwig den Erbsenzähler von hinten überwältigte und zu Boden brachte. Sie hatten dann eine Weile gerauft, bis Ludwig bemerkte, dass ihm die Kräfte schwanden. In dem Moment setzte sich der Erbsenzähler auch noch auf ihn und begann ihn zu würgen. Ludwig hatte zunächst versucht, den Mann von sich zu stoßen, dann um sich gegriffen und einen Stein erwischt und damit kräftig zugeschlagen. Sogleich war sein Gegner wie ein voller Getreidesack träge zur Seite gekippt.

Ludwig war schnell aufgesprungen und hatte den reglosen Mann mit nervösen Schritten umrundet. Dann war ihm die

Gewissheit gekommen: Der Erbsenzähler war tot. Was sollte er jetzt tun?

Sein Blick fiel auf den Beerfelder Galgen, dessen Sandsteinsäulen sich mahnend in den Himmel erhoben. Auch wenn dort schon lange keine Sünder mehr aufgeknüpft worden waren, so war ihm doch auf einmal bewusst, welche Strafe ihm drohte, sollte herauskommen, dass er jemanden umgebracht hatte.

Panisch hatte Ludwig den Erbsenzähler unter den Schultern gepackt und ihn weit abseits des Weges ins Feld gezogen. Dann hatte er seine Beine in die Hand genommen und war in Windeseile davongerannt.

Die Tür zum Baderaum öffnete sich und einer der Badewärter steckte seinen Kopf zur Tür hinein. "Ludwig, Sie müssen mitkommen, sofort. Sie können hier später weiter aufräumen."

Ludwig folgte dem Badewärter durch Gänge mit unzähligen Türen. 60 Logierzimmer gab es in diesem Sanatorium für Nervenleidende und etliche Behandlungsräume. Ludwig wusste, dass es weit mehr gab als die Fichtennadel-, Dampf- oder Elektrobäder, die er schon kennengelernt hatte. Und nun sollte er, wie Ludwig vom Badewärter erfuhr, bei einer besonderen Anwendung aushelfen. "Es ist eine Ganzkörpereinwicklung eines Sommerfrischlers." Die Sommerfrischler, so wusste Ludwig, waren hauptsächlich zur Erholung hier. Anwendungen wurden nur auf eigenen Wunsch und nicht auf ärztliche Anordnung durchgeführt. Sie wohnten auch nicht im Hauptgebäude, sondern in einer auf dem Parkgelände gelegenen Dependance. Was Ludwig auch wusste, war, dass die Sommerfrischler die Abläufe der Klinik mit ihren spontanen Wünschen oft durcheinanderbrachten. Kein Wunder, dass er helfen sollte.

Der Badewärter gab ihm Einblick in die Anwendung. "Der Gast wurde vor gut zwei Stunden in feuchte, kalte Leinentücher eingewickelt und ruht seitdem unter mehreren Decken, damit er ordentlich schwitzt. Sie sollen den Herrn jetzt auswickeln, damit ich mich um das anschließende Eisbad kümmern kann."

Ludwig fand den Kurgast in einem weißgekalkten Raum auf einer Pritsche liegend. Mehrere Federbetten deckten ihn zu.

Vom Gesicht war nur noch die Nase zu sehen. Der Badewärter wies Ludwig an, die Decken aufzunehmen und beiseite zu legen, dann zeigte er ihm, wie er mit der Abwicklung des Umschlags beginnen sollte. Anschließend verschwand er im Nebenraum. Ludwig wickelte und wickelte und legte Schicht für Schicht den Kurgast frei. Als er schließlich ins Antlitz des Gastes schaute, sprang er mit einem kurzen Aufschrei zurück. Er hatte gedacht, dass er dieses Gesicht nie mehr wiedersehen würde. Nur in seinen Gedanken vielleicht - oder in einem dunklen Traum. Und so schlug er seine Wangen mit der flachen Hand, erst links dann rechts dann wieder links. Klatsch. Klatsch. Klatsch. Doch das Antlitz des Badegastes blieb das des Erbsenzählers.

Ludwig hatte nur eine Erklärung: Er war verrückt geworden oder der Mann ein Geist. Der Erbsenzähler war tot, das wusste er genau. Er konnte auf keinen Fall lebendig auf dieser Pritsche liegen. Ludwig wandte sich panisch zur Tür hinter ihm und rüttelte am Griff, doch die Tür war zu.

Er nahm die andere Tür ins Visier, hinter der der Badewärter verschwunden war. Doch um dort hinzugelangen, musste er an dem Mann vorbei, der sich inzwischen aufgesetzt hatte und ihm sicherlich den Weg abschneiden würde.

"Heute reißt du dein Maul nicht mehr so weit auf, he?" rief er dem Totgeglaubten entgegen. Angriff, so hatte Ludwig schon sehr früh gelernt, war noch immer die beste Verteidigung. Ihm fiel ein Blecheimer in den Blick, der in Reichweite stand. Ludwig hob den Blecheimer wie ein Schutzschild vor die Brust und wagte den nächsten Schritt der unheimlichen Erscheinung entgegen. Er wollte sich sein neues Leben nicht kaputtmachen lassen, koste es, was es wolle. Er schrie: "Ich werde dich zur Not auch ein weiteres Mal erschlagen! Und wenn das nicht reicht, werde ich dich auch noch am Galgen aufknüpfen." Dann rannte er mit dem Eimer vor der Brust fest entschlossen auf den Mann zu.

In dem Moment öffnete sich die Tür zum Flur und einige Männer in Uniform sprangen herein. Und auch aus dem Nebenraum kamen zwei Uniformierte heraus. "Halt! Wir verhaften Sie wegen des Mordes an Wilhelm Ginsterbusch", rief einer von ihnen und Ludwig erkannte, dass er von Polizisten umringt war.

Er sah zur Pritsche, wo der Erbsenzähler immer noch saß und grinste. Ludwig riss seinen Arm los, um in Richtung des Mannes zu zeigen: "Ein Geist! Dort! Der Mann dort, er ist bereits tot."

Dieser lachte laut, dann entgegnete er: "Ein Geist bin ich bei weitem nicht. Nur ein Mensch. Kasimir Ginsterbusch mein Name, ich bin der Zwillingsbruder von Wilhelm. Und Polizist. Und Sie sind hiermit des Mordes an meinem Bruder überführt."

Der Tod ruft laut „Helau" –
Mord im Breuberger Rathaus

Andrea Schwarz (Breuberg)

„Der Chef muss weg, koste es was es wolle!", darüber war man sich im kleinen Kreis der Mitarbeiter*innen einig. Jetzt stellte sich nur noch die Frage, auf welchem Wege man ihn am Schnellsten zum Rathaus hinaus befördern konnte. Eine Dienstaufsichtsbeschwerde? Irgendetwas, womit man ihm einen Strick drehen konnte gab es sicherlich. Aber das dauerte. Ein Treppensturz? Im günstigsten Fall brach er sich das Genick, im ungünstigsten nur ein Bein. Aber wer sollte und wollte ihm hier den notwendigen Schubs geben, um nicht zu sagen ein Bein stellen, und damit in den Mittelpunkt polizeilicher Ermittlungen geraten? Nein, das war niemandem zuzumuten.

Aber was hatte dieser Mann verbrochen, dass er so abgrundtief gehasst wurde?

Erst vor wenigen Jahren war er aus der Großstadt in den Breuberger Stadtteil Wald-Amorbach gekommen und lebte dort sehr zurück gezogen. Er war von kleiner Gestalt, immer gut gekleidet, mit exzellenten Umgangsformen. Stets traf er den richtigen Ton und wusste mit seiner charmanten und charismatischen Art zu überzeugen.

Am Tag der Bürgermeisterwahl nahm das Unheil seinen Lauf. Geboren war er am 1. Oktober 1971. Der Tag, an dem sich aufgrund einer Gebietsreform die Gemeinden Sandbach, Hainstadt, Wald-Amorbach und die Stadt Neustadt mit ihrem Stadtteil Rai-Breitenbach zu einer gemeinsamen Stadt, nämlich Breuberg, zusammengeschlossen hatten. Diesem Umstand und seiner charismatischen Art hatte er es zu verdanken, dass, obwohl er parteilos kandidierte, alle politischen Gruppierungen hinter ihm standen. Mit überwältigender Mehrheit wurde er gewählt und so trat er am 1. Oktober 2021, seinem 50. Geburtstag und dem der Stadt Breuberg das Amt des Bürgermeisters an.

Die Ernüchterung in den Reihen der Rathausmitarbeiter*innen ließ nicht lange auf sich warten. Während er nach außen hin weiter den charmanten Rathauschef mimte, zeigte er intern sein wahres Gesicht. Nämlich das eines Cholerikers und gefühlskalten Soziopathen, empathielos, ohne Schuld- und Verantwortungsbewusstsein. Allen war schnell klar, dass er ausschließlich seine eigene Karriere im Visier hatte und nicht die im Wahlkampf versprochenen Themen. Der Alptraum begann.

Vor allem eine Person hatte unter ihm zu leiden: die Vorzimmerdame. Sie war die gute Seele im Rathaus, immer freundlich, mit einem offenen Ohr für jeden. Und obwohl sie von ihm ständig drangsaliert wurde, hielt sie ihm den Rücken frei. Ihre Loyalität schien grenzenlos.

Doch dann kam der Tag, der alles veränderte. Das Vorzimmer blieb leer. Die Kollegin war nicht zum Dienst erschienen, hatte sich nicht abgemeldet und war auch telefonisch nicht erreichbar. Alle machten sich große Sorgen, ausgenommen der Chef. Der sorgte sich um sich selbst.

In der Mittagspause fuhren zwei Kollegen zu ihrer Wohnung nach Rai-Breitenbach. Sie wohnte alleine, hatte keine Familie mehr. In der Auffahrt zum Haus stand ihr kleines Auto mit dem Aufkleber „Hetz mich nicht" auf der Heckscheibe. Die Rollläden waren geschlossen. Nichts regte sich, auch nach mehrmaligem Klingeln nicht. Aus Angst, dass ihr etwas zugestoßen sein könnte, riefen die Kollegen Polizei und Feuerwehr. Als die Polizisten das Haus verließen wurde aus Angst schließlich Gewissheit. Sie hatte sich mit Tabletten das Leben genommen und einen Abschiedsbrief hinterlassen. Die Arbeit sei unerträglich geworden, sie habe keinen anderen Ausweg mehr gefunden. In zwei Jahren wäre sie in Rente gegangen.

Am Tag der Beerdigung blieb das Rathaus geschlossen. Alle Mitarbeiter*innen waren gekommen, um ihrer geschätzten Kollegin die letzte Ehre zu erweisen. Corona konform saßen sie in der kleinen beschaulichen Kirche in Rai-Breitenbach. Im Chorraum der Kirche, in dem die Pfarrerin die Predigt hielt, waren Fresken aus dem 16. Jahrhundert zu sehen. Sie zeigten das Leben Christi bis zu seinem Tode. Tod! Das wäre die gerechte Strafe für den Tyrannen.

Im Anschluss an die Beerdigung trafen sich die Mitarbeiter*innen in kleiner Runde im Sitzungsraum des Rathauses im Stadtteil Sandbach. „Der Chef muss weg...", wer den Gedanken als erster laut ausgesprochen hatte, wusste am Ende keiner mehr. Es wurde heftig diskutiert, ohne dass es zu einer Lösung kam. Ein Mord kam für niemanden in Frage. Resigniert gingen alle nach Hause. Bis auf einen Mitarbeiter. In ihm reifte ein Plan...

Eine Woche später war Weiberfastnacht, der Tag an dem die Breuberger Fastnachtsvereine traditionell das Rathaus stürmten. Als gnadenloser Selbstdarsteller wusste der Rathauschef sich selbstverständlich auch an diesem Tage in Szene zu setzen. Was er jedoch nicht wusste, dieser Tag sollte sein letzter auf Erden sein. Er würde einen Abgang hinlegen, an den sich die Breuberger noch lange erinnerten.

Früh am Morgen dieses Tages stieg der Mitarbeiter in das Leihauto, welches ihm von der Werkstatt für die Zeit des Service-Termins seines Wagens, zur Verfügung gestellt wurde. Als absoluter Nichtfastnachter hatte er, wie in all den Jahren zuvor, Urlaub eingereicht. Er fuhr nach Sandbach und stellte das Fahrzeug auf dem Parkplatz unterhalb der evangelischen Kirche ab. Der Platz war aufgrund der vielen Büsche rundherum schlecht einsehbar, was ihm in diesem Fall sehr zu Gute kam. Er trug eine dunkelblaue Jeans und unauffällige Turnschuhe. Aus der hintersten Ecke seines Schrankes hatte er eine dunkle Jacke, eine schwarze Mütze und schwarze Handschuhe hervorgekramt. Die Sachen sollten ursprünglich in die Altkleidersammlung, doch jetzt waren sie Gold wert. Er zog sie an und, Corona sei Dank, bestand immer noch Maskenpflicht. Mit FFP2-Maske, hochgeschlagenem Kragen und tief ins Gesicht gezogener Mütze ging er den Kirchberg hinunter. Durch einen Nebeneingang betrat er den Sitzungsraum des Rathauses, in welchem sie sich nach der Beerdigung getroffen hatten. Wohl weißlich hatte er den Raum bereits Tage zuvor reserviert, so lief er nicht Gefahr gesehen zu werden. Er öffnete die Tür zum Treppenhaus und spähte hinein. Niemand war zu sehen und so schlich er die Treppen hinunter in den Keller. Über einen schmalen Gang erreichte er den Heizungsraum im Hauptgebäude. Durch das Kellerfenster konnte er den Platz vor dem Rathaus einsehen.

Er setzte sich in eine Ecke und wartete.

Am späten Vormittag versammelten sich die Mitarbeiter*innen vor dem Rathaus. Laute Musik war zu hören. Seine Zeit war gekommen. Er erklomm die Stufen, öffnete die Kellertür, verharrte kurz und schlich dann weiter die Treppen hinauf in den zweiten Stock bis zum Büro des Bürgermeisters. Die Tür war nur angelehnt. Er trat ein und schloss sie hinter sich. Sein Chef war gerade dabei den Helm zu richten, den er zu seinem Gewand als römischer Feldherr trug. Stilecht geschnürte Ledersandalen rundeten sein Outfit ab. Erstaunt sah er auf als der Mitarbeiter eintrat und ihn mit „Helau" begrüßte. „Was machen Sie denn hier? Und wie sehen Sie überhaupt aus?", schnauzte er den Mitarbeiter an. „Sie sollten ans Fenster kommen, es geht gleich los", sagte dieser während er zum Fenster ging und es öffnete, peinlich darauf bedacht, von unten nicht gesehen zu werden. Der Chef richtete noch einmal seinen Helm und trat mit einem selbstgefälligen Grinsen ans Fenster. Aufgrund seiner geringen Größe konnte er jedoch nicht wirklich viel sehen und wurde auch von den vorm Rathaus Feiernden nicht gesehen. Der Mitarbeiter war ihm selbstverständlich gerne behilflich, holte die dreistufige Trittleiter hinter dem Schrank hervor und stellte sie vor das geöffnete Fenster. Der Rathauschef stieg hinauf und lehnte sich weit nach vorne aus dem Fenster. Sein „Breuberg Helau" endete mit einem lang gezogenen „au", gefolgt von einem dumpfen Laut, als sein Körper auf die Treppenstufen vor dem Rathaus aufschlug. Ein Aufschrei ging durch die feiernde Menge.

Innerlich jauchzend vor Freude verließ der Mitarbeiter das Büro und verschwand auf dem gleichen Weg auf dem er gekommen war. Im Auto zog er Handschuhe, Jacke, Mütze und die FFP2-Maske aus und steckte sie in einen mitgebrachten Plastikbeutel. Sein Herz pochte laut vor Aufregung. Jetzt nur nicht auffallen, sagte er sich, als er die Schwimmbadstraße entlang und weiter Richtung Höchst fuhr. Auf Höhe der Tankstelle kamen ihm Polizei und Rettungswagen entgegen. Kurz überkam ihn Panik, aber das legte sich schnell wieder. Von Höchst aus fuhr er über die Umgehungsstraße (B426) ins unterfränkische Mömlingen. Am Ortseingang von

Mömlingen befanden sich mehrere Altkleidercontainer. Hier entledigte er sich des Plastikbeutels. Geschafft! Langsam ließ nun auch die Nervosität nach. Auf der Rückfahrt nach Breuberg pfiff er entspannt ein Lied.

Das Odenwälder Echo berichtet tags darauf vom tragischen Unfalltod des Breuberger Bürgermeisters. Er hatte eine Trittleiter benutzt, um sich aus dem Fenster zu lehnen. Mit den römischen Ledersandalen, deren Sohlen keinen Grip hatten, war er weggerutscht, hatte das Gleichgewicht verloren und kopfüber aus dem Fenster gestürzt. Der Notarzt konnte nur noch den Tod feststellen. Ein Fremdverschulden wurde ausgeschlossen.

Alte Wunden

Ralf Schwob (Groß-Gerau)
Preisträger

Wenn Stefan an seinen Vater denkt, sieht er ihn vor dem großen Spiegel im Elternschlafzimmer stehen. Er schlüpft wie jeden Morgen in ein frisches blütenweißes Hemd, stülpt den Kragen hoch und bindet sich die Krawatte. Manchmal summt er dabei eine Melodie. Stefan denkt an die Villa in Bad König, an die vielen Zimmer, den großen Garten und an die lange Buchsbaumhecke entlang der Auffahrt zur Garage. Und er denkt natürlich an den schneeweißen Mercedes 500 SEL, der in dieser Garage stand. Die Ausführung mit kleinen Extras, wie sein Vater gern augenzwinkernd sagte, das gleiche Modell, in dem sich damals auch Helmut Kohl herumfahren ließ.

Der Wagen, in dem Stefan heute, über dreißig Jahre später, unterwegs ist, ist kein Mercedes der Luxusklasse, sondern nur ein alter, klappriger Opel Astra, dem die Steigungen im Odenwald zu schaffen machen. Am Ortsausgang von Hiltersklingen geht Stefan etwas vom Gas, um die Abbiegung nicht zu verpassen, und wird prompt von seinem Hintermann überholt, der mit wütend aufheulendem Motor an ihm vorbeizieht.

„Der Mann, den Sie suchen", hatte der Journalist letzte Woche am Telefon bedeutungsschwanger zu ihm gesagt, „lebt verwildert in einem kleinen Haus in der Nähe des Lindelbrunnens, sie wissen, wo das ist?" Stefan hätte beinahe gelacht, schließlich war er im Odenwald aufgewachsen.
Es ist ein warmer Frühlingstag, der Himmel blau und die Luft riecht schon ein wenig nach Sommer. Stefan wischt sich den Schweiß von der Stirn, lässt die Seitenscheibe herunter, genießt den Fahrtwind und versucht, nicht an die Pistole unter dem Sitz zu denken.

Vorsicht Schusswaffen! Stefan fällt das Plakat mit den verschwitzten Terroristengesichtern wieder ein, das in seiner Kindheit am Bahnhof von Bad König gehangen hat. Als

Grundschüler stand er ratlos davor und fragte sich immerzu: Warum machen die das nur? Die Männer sahen alle grimmig und irgendwie ungewaschen aus, aber einige der Frauen lächelten sogar. Sein Vater beantwortete seine Fragen nach den Terroristen mit einem geduldigen Lächeln und der Versicherung, dass sie vor denen keine Angst zu haben bräuchten, und um seinen Worten Nachdruck zu verleihen, klopfte er mit den Fingerknöcheln gegen die Windschutzscheibe des Mercedes und sagte: „Das ist Panzerglas, da geht keine Kugel durch."

Stefan fährt von der Bundesstraße ab und parkt unweit der Stelle, an der Siegfried der Sage nach hinterrücks ermordet wurde. Er stellt den Motor aus, lehnt sich im Sitz zurück und wartet, bis ein paar Wanderer in Trekkingschuhen und bunter Outdoor-Kleidung im Wald verschwunden sind, dann holt er die Pistole unter dem Sitz hervor und lädt sie durch. Er wird heute auch jemanden ermorden, aber er wird es nicht hinterrücks tun. Er wird nicht so feige sein, wie der Siegfried-Mörder Hagen von Tronje oder der Mann, der im Sommer 1983 in die Villa in Bad König eingebrochen war. Nein, er wird Hans-Jürgen Czerny dabei in die Augen sehen – dem vorzeitig aus der Haft entlassenen Terroristen, dem als Waldschrat Untergetauchten, der nur noch in Ruhe gelassen werden will und allen revolutionären Plänen abgeschworen hat. Stefan spürt, wie die alte Wut wieder in ihm hochkocht. Seine Hände schwitzen auf einmal so stark, dass er die Pistole auf dem Beifahrersitz unter der Wochenendausgabe des „Darmstädter Echos" verstecken muss, um sie sich an seinem Hemd abzutrocknen.

Vom Tag des Anschlags hat Stefan keine zusammenhängenden Erinnerungen, nur einzelne verschwommene Bilder im Kopf: Polizisten mit Maschinenpistolen, die in der Auffahrt der Villa stehen. Streifenwagen, Krankenwagen, Blaulicht. Seine Mutter, die jedes Mal, wenn sie sprechen will, zu weinen anfängt. Heruntergelassene Rollläden am helllichten Tag. Später hat er in der Zeitung Bilder vom Tatort gesehen: den Durchgang zur Garage, die offene Stahltür, den Blutfleck auf dem Boden. Im Hintergrund steht der Mercedes, dessen Panzerung und die schusssicheren Reifen seinen Vater nicht hatten beschützen können, weil er zum Zeitpunkt des Anschlags gar nicht im Wagen saß, sondern davorstand. Auch ein Foto von Czerny wurde veröffentlicht: breite Schultern, kantiges Gesicht, lange Haare. Zwei Jahre war er auf der Flucht, dann hatten sie ihn. Stefan weiß nicht mehr, was er fühlte, als er damals von dem Urteil erfuhr: Lebenslange Haft.

Und nun war er also vorzeitig wieder raus und lebte irgendwo mitten im Wald als Einsiedler im schönen Mossautal. In der Zeitung hieß es, er habe mit der Vergangenheit abgeschlossen. Stefan hatte diesen Satz immer wieder lesen müssen, um ihn in seiner ganzen Ungeheuerlichkeit zu begreifen: „Ich habe mit der Vergangenheit abgeschlossen" – und nach dem dritten Mal lesen war ihm klar, dass er Czerny töten würde.
Stefan steigt aus, geht ein paar Schritte und steht kurz darauf vor der Metallplastik, die den knienden Siegfried darstellt, dem gerade von dem hinter ihm aufragenden Hagen von Tronje der Speer in seine einzige verwundbare Stelle gestoßen wird. Unweit davon plätschert der bemooste Lindelbrunnen und eine Schutzhütte samt Holzbank lädt Spaziergänger zum Verweilen ein. Hier im Wald ist es merklich kühler und eine Gänsehaut breitet sich auf seinen nackten Unterarmen aus. Er folgt eine Zeitlang dem Wanderweg, ohne jemandem zu begegnen, dann schlägt er sich an der Stelle, die der Journalist ihm beschrieben hat, ins Unterholz. Die Äste der eng beieinanderstehenden Büsche und Bäume greifen nach ihm, schlagen ihm ins Gesicht und fahren unter sein Hemd, zerkratzen die Haut an seinen Armen. Er glaubt schon, an der falschen Stelle abgebogen zu sein, da stößt er auf einen Trampelpfad, der nach wenigen Metern auf eine Lichtung führt.
Das kleine Haus liegt im Sonnenlicht im knietiefen Gras. Der Putz bröckelt großflächig von den Wänden, aber die Fenster haben Scheiben und das Dach ist gedeckt. Stefan nähert sich dem Haus mit der Pistole in der Hand. Er spürt sein Herz schlagen und die Sonne im Nacken, hört die Vögel in den Bäumen. Die Haustür ist unverschlossen.

Im Flur riecht es nach Schimmel und kaltem Zigarettenrauch. Rechts eine improvisierte Küche mit einem Campingkocher, einer Kühlbox und ein paar gestapelten Konserven. Im Raum auf der anderen Seite des Flurs steht ein Bett, ein Schrank und ein Regal mit zerfledderten Büchern. In der Ecke neben dem Fenster döst ein alter Mann mit schütterem Haar in einem Sessel. Er trägt ein ausgeleiertes T-Shirt und schwarze Cargo-Shorts, aus denen dürre kalkweiße Beine herausschauen, seine schmutzigen Füße stecken in ausgelatschten Sandalen, das Kinn ist ihm auf die Brust gesunken. Hans-Jürgen Czerny ist kaum wiederzuerkennen.

Stefan richtet die Pistole auf seine Stirn und wartet. Als Czerny schließlich erwacht, gibt er einen kurzen erstaunten Laut von sich und starrt mit offenem Mund in den Lauf der Pistole.

„Du hast gesagt, du willst die Vergangenheit hinter dir lassen", sagt Stefan mit belegter Stimme. „Aber für manch andere ist das nicht ganz so einfach, verstehst du das?"

Czerny will etwas sagen, aber Stefan drückt ihm die Pistole gegen die Stirn und er verstummt sofort.

„Du wolltest 1983 den Vorstandsvorsitzenden Doktor Hendrik Böhm in seiner Villa in Bad König erschießen. Du hast ihm in der Garage aufgelauert und zweimal in den Rücken geschossen – zumindest hast du das gedacht. Aber Böhm war an diesem Tag gar nicht da. Der Mann in der Garage war nur sein Fahrer …"

Czerny schließt die Augen und nickt.

„Du hast also …", setzt Stefan an, aber es kommt nur ein Krächzen aus seiner Kehle, er muss sich räuspern und nochmal anfangen. „Du hast einen kleinen Angestellten erschossen, jemanden von den Leuten, für die ihr doch eigentlich eure beschissene Revolution gemacht habt, oder?"

Czerny stöhnt, seine Lippen bewegen sich lautlos.

„Wusstest du, dass Doktor Böhm immer noch in seiner Villa in Bad König lebt?", fragt Stefan den in sich zusammengesunkenen Mann im Sessel. „Er wird im Sommer neunzig Jahre alt, stell dir das mal vor."

Czerny öffnet kurz die Augen, dann schließt er sie wieder. Seine Unterlippe bebt.

Stefan drückt ihm den Lauf der Pistole noch etwas fester gegen die Stirn, aber seine Hand beginnt zu zittern, Schweiß bricht ihm aus, auf einmal ist ihm furchtbar heiß.

„Drück ab, bitte drück ab …", flüstert Czerny auf einmal mit dünner Stimme. Er hat die Augen wieder geöffnet und sieht Stefan jetzt fast flehend an. Das Sonnenlicht fällt in breiten Bahnen in das Zimmer, Staubkörner tanzen in der Luft. Irgendwo im Wald hämmert ein Specht.

„Nein", sagt Stefan schließlich, lässt den Arm sinken und legt dem überraschten Mann die Pistole in den Schoß.

Er kämpft sich den Trampelpfad zurück auf den Wanderweg. Kurz bevor er wieder den Lindelbrunnen erreicht, fällt der Schuss. In der Stille danach hört Stefan nur seinen eigenen abgehackten Atem, dann setzen die Vögel wieder ein. Einer nach dem anderen.

Der Schweinekopf

Thomas Seifert (Bad König)

Dingeldey wischte sich die Hände an der Uniformjacke ab. Er hätte doch Handschuhe anziehen sollen. Aber es musste schnell gehen, er und sein Kollege hatten noch einige Parkplätze entlang der Kreisstraße zwischen Michelstadt und Weiten-Gesäß zu überprüfen, vor allem die Abfallkörbe zu durchsuchen, und dabei wussten sie noch nicht einmal, wonach sie suchen sollten. Seit zwei Wochen wurde die junge Frau, Gertrud Kinzinger, nun schon vermisst, alle Kollegen der Polizei in Erbach suchten fieberhaft, die Feuerwehren hatten Suchtrupps gebildet, einige Beamte waren im Führerstand der Züge auf der Odenwaldstrecke mitgefahren und hatten vor allem die Tunnels unter dem Krähberg und bei Hetschbach kontrolliert. Dass Dingeldey und sein Kollege nun die Abfallkörbe neben Parkplätzen durchwühlten, lag an zwei Zeugen, die das Auto der Vermissten am Tag ihres Verschwindens an der südlichen Ausfahrt von Zell und kurz darauf in der Nähe des Michelstädter Bahnhofs beobachtet hatten, als es mit quietschenden Reifen gegen den Bordstein geknallt war. Das erklärte auch den Platten und die Delle in einer Felge, mit denen der auffällig orangene Renault noch am selben Abend am Bienenmarktparkplatz in Michelstadt gefunden worden war. In der Morgenbesprechung war beschlossen worden, die Suche nun auf die Gegend zwischen Zell und Michelstadt zu konzentrieren. Hoffnung, die Frau lebend zu finden, hatten die Polizisten schon lange nicht mehr.

Dingeldey hatte in den beiden Abfallkörben am Waldparkplatz nichts gefunden, was er mit der Verschwundenen in Verbindung bringen konnte. Er rief seinem Kollegen zu, der solle doch schon mal in den Streifenwagen einsteigen. Dann ging er einige Schritte in den Wald, ihn drückte ein menschliches Verlangen. Das Laub war nass, von den Bäumen tropfte es, in der letzten Nacht hatte es heftig geregnet, Herbstwetter eben. Nach ein paar Metern stieß er auf eine erloschene Feuerstelle. Zwischen schmieriger Asche und angekohlten Holzstücken fiel ihm ein blinkender Gegenstand ins Auge: ein

Schlüssel, wie sich herausstellte. Dann sah er ein verkokeltes Notizbuch und einen nur an den Rändern versengten Zettel. Jetzt, dachte Dingeldey, sollte ich vielleicht doch Handschuhe anziehen, sonst würde es von den Kripoleuten gleich wieder heißen, die uniformierte Polizei sei nur als Spurenvernichtungskommando zu gebrauchen. Er barg den Fund und brachte ihn zum Streifenwagen, wo der Kollege schon Plastiktüten bereithielt. „Sieht wie ein Einkaufszettel aus!" meinte der, als er den Papierfetzen in eine Plastiktüte schob. „Brot und Butter, Wurst und Kosmetikartikel, aber was der Schweinekopf soll, der hier notiert ist, keine Ahnung." „Man kann ja mal die Eltern fragen, ob der Schlüssel der Vermissten gehört." In Dingeldey war das Jagdfieber geweckt, vielleicht war die langweilige Überprüfung von Papierkörben an Parkplätzen doch nicht so sinnlos, wie er erst gedacht hatte. „Und was fängt man schon mit einem Schweinekopf an, Hundefutter natürlich!"

Dingeldeys Entdeckung hatte die Ermittlungen tatsächlich ein Stückchen vorangebracht. Die Eltern der vermissten jungen Frau hatten den Schlüssel und das Notizbuch als Eigentum ihrer verschwundenen Tochter erkannt, allerdings fehlte der Schlüsselanhänger. Nur mit dem Einkaufszettel hatten sie nichts anfangen können, die Schrift war ihnen unbekannt und jedenfalls nicht die ihrer Tochter.

Einige Tage später saß Dingeldey nach Dienstschluss in einer Gaststätte in Weiten-Gesäß, er war mit dem Fahrrad von Zell, wo er wohnte, nicht zum ersten Mal den Berg hinaufgefahren, um hier seinen Feierabend zu verbringen. Die Kollegen hatten zwar bei den Metzgern der Umgebung nach Kunden gefragt, die kürzlich einen Schweinekopf verlangt hatten, in der Odenwälder Zeitung war heute sogar ein Bild des Zettels abgedruckt worden, aber bislang war das alles ergebnislos geblieben. Die Bitte der Polizei um Unterstützung bei der nun schon fast drei Wochen dauernden Fahndung und der Einkaufszettel nebst dem dort notierten Schweinekopf befeuerten die Gespräche der Gäste in der verqualmten Kneipe, und Dingeldey, der hier bekannt war, beteiligte sich eifrig. Neben einigen wilden Theorien, wie sie an Stammtischen gerne aufkommen, hielten die meisten Gesprächspartner die These vom Hundefutter für die naheliegende. „Mein Mieter hat einen großen Schäferhund und kann sich bestimmt kein Dosenfutter leisten." Dingeldeys Tischnachbar hatte das ins Gespräch geworfen, einer am Tisch griff das auf und meinte feixend: „Na, dann habt ihr ja schon den Täter! Dein Mieter soll ja schon im Knast gesessen haben." An der weiteren Diskussion wollte Dingeldey sich nicht beteiligen, er kannte das schon, jetzt würde die Runde gleich über die nachlässige Polizei und die milde Justiz schwadronieren, das würde ihn nur nerven. Er zahlte seine Zeche und machte sich auf den Heimweg.

In der Nacht ging ihm das Gespräch am Biertisch aber nicht aus dem Kopf. Immerhin, den Zettel hatte er an der Straße nach Weiten-Gesäß gefunden, und selbst wenn es in dem Dorf mit Sicherheit mehr als einen Hundehalter gab, sollte man diesem zugegeben doch recht vagen Hinweis auf den vielleicht vorbestraften Mieter seines Gesprächspartners vom Weiten-Gesäßer Stammtisch nicht doch nachgehen? Auf der anderen Seite: Würden ihn die Kollegen von der Kripo nicht auslachen, würde er nicht als Wichtigtuer dastehen? Er war hin- und hergerissen und kam von dem Schweinekopf und dem großen Hund in Weiten-Gesäß auch dann nicht los, als er sich daran machte, seinen dienstfreien Tag zum Aufräumen eines Kellerraumes zu nutzen. Endlich, längst war der Nachmittag angebrochen, eine Menge Gerümpel stand zur Abholung bereit, hatte er seinen Entschluss gefasst. Es konnte zwar Ärger auf der Dienststelle geben, weil er sich in Ermittlungen der Kripo einmischte, aber er würde wenigstens wieder ruhig schlafen können. Er klemmte sich die Ausgabe der Zeitung mit dem abgedruckten Einkaufszettel unter den Arm und machte sich auf den Weg nach Weiten-Gesäß. Das Haus seines Gesprächspartners kannte er, dort musste auch dessen Mieter wohnen. Als er an der Haustür klingelte, öffnete eine Frau. Er hatte sich eine Ausrede überlegt, aber als er der Frau gegenüberstand, zog er einfach die Zeitung hervor und zeigte ihr die Abbildung des Zettels. „Kennen sie den? Sie haben doch einen großen Hund, habe ich gehört, da braucht man doch viel Futter!" Es war leichter, als er es sich vorgestellt hatte. „Das Vieh frisst uns noch die Haare vom Kopf," beklagte sich die Frau, die offensichtlich völlig arglos war. „Jaja, das ist meine Schrift, mein Mann sollte den Schweinekopf besorgen, hat er natürlich wieder nicht erledigt, da musste ich selbst beim Metzger ein paar Schlachtreste besorgen. Wieso wollen Sie das wissen? Weshalb ist der Zettel denn in der Zeitung?" Dingeldey wusste nicht, was er der Frau antworten sollte, stammelte eine ihm selbst fadenscheinig vorkommende Erklärung und verabschiedet sich recht unvermittelt.

Die Kollegen von der Kripo waren zunächst skeptisch, als er ihnen verlegen Bericht erstattete, erkannten aber schnell die Bedeutung seiner Entdeckung und besorgten sich einen Durchsuchungsbeschluss für die Wohnung in Weiten-Gesäß. Jetzt hatte man endlich einen Verdächtigen. Der war ihnen tatsächlich kein Unbekannter und leugnete zunächst heftig, mit dem Verschwinden der jungen Frau aus dem Kinzigtal etwas zu tun zu haben. Als die Beamten ihm aber den Schlüsselanhänger vorhielten, den sie bei der Wohnungsdurchsuchung gefunden hatten und der kurz zuvor von den verzweifelten Eltern als Eigentum ihrer Tochter identifiziert worden war, lenkte er ein. Es dauerte noch einige Zeit, aber schließlich führte er die Beamten zu der Stelle im Wald unterhalb vom Habrich, wo er die Leiche der jungen Frau im Dickicht abseits eines Waldwegs verborgen hatte. Er hatte sie vergewaltigen wollen, er hatte sie gewürgt, als sie sich wehrte, das hatte die Frau nicht überlebt. Als sein Opfer sich nicht mehr rührte, hatte er die Tote im Wald abgelegt und den orangenen Renault wieder am Bienenmarktparkplatz in Michelstadt abgestellt, wo er die Frau eine Stunde zuvor überfallen hatte, als sie dort, im Auto sitzend ihre Mittagspause verbracht und eine Kleinigkeit gegessen hatte.

Für ein paar Tage war Dingeldey der Held der Dienststelle. Als er Monate später als Zeuge vor dem Landgericht in Darmstadt aussagen musste, blieb er nach seiner Aussage im Gerichtssaal sitzen und hörte sich das Urteil an. Zehn Jahre wegen Totschlags, das konnte er erst gar nicht verstehen, und auch bei vielen Odenwäldern stieß das Urteil auf wenig Verständnis. Das war doch Mord, hieß es, da wäre Lebenslänglich die einzig gerechte Strafe gewesen. Aber Dingeldey war erfahren genug: Mit solchen juristischen Feinheiten sollten sich andere befassen, er war einfach stolz, mit seinem Fund die Entdeckung und Überführung des Täters ins Rollen gebracht zu haben.

Tatzitus

Irene Thomae (Otzberg)

Gestatten, mein Name ist Tatzitus. Ja, Sie haben richtig gelesen: Tat-zi-tus. Das kommt von "Tatze". Wegen meiner kraftvollen und schnellen Tatze bin ich hier im Ort berüchtigt und berühmt. Berüchtigt, weil: Mir graut vor nix! Berühmt, weil ich nicht nur *einen* Verbrecher zur Strecke gebracht habe.

Nein, ich will Sie nicht damit langweilen, wie ich den braven Familienvater entlarvt habe, der seine alt gewordene Frau im Pool ertränkt hat, weil er eine Jüngere heiraten wollte. Das war schlicht und einfach Mord. Heute erzähle ich Ihnen von einer raffinierteren Sache, die sich bei uns zugetragen hat.

Ich lebe in einem winzigen Dorf im Odenwald. Es hat genau 227 Einwohner. Sie brauchen das Dorf nicht zu kennen. Es liegt zwar nicht am A..... der Welt, aber man kann ihn von hier aus schon ganz gut sehen. Das Dorf liegt idyllisch an einem Bach. Die Dorfbewohner sind weniger idyllisch. Sie sind eher eigenbrötlerisch. Kaum einer kümmert sich um den anderen. Dass man sich um mich kümmert, liegt nicht nur an meiner Berühmtheit, sondern natürlich auch an meinem charmanten, aber energischen Auftreten.

Die Madamm, die mich aus dem TINO, dem Heim für Tiere in Not, rausgeholt hat, ist ganz nett, aber sie hat einen Hund! Natürlich habe ich dem Wauwi sehr bald klar gemacht, wer hier das Sagen hat. Ob auf dem Sofa oder am Fressnapf: Ich bin die Nummer Eins! Selbstverständlich habe ich noch weitere Anlaufstellen für Leckereien. Man muss sich ja überall mal zeigen und sich im Dorf umsehen. Am Ende meiner Runde relaxe ich meistens auf der Terrasse eines leer stehenden Hauses am Ende der Sackgasse, dort, wo der Wald beginnt. Da liege ich dann und beobachte, was sich so auf der Straße tut - sehr wenig - und was am Waldrand so kreucht und fleucht - laute Vögel und freche Mäuse. Hin und wieder hole ich mir mit einem kraftvollen Sprung und mit schneller Tatze

solch ein kleines Tierchen und schenke es meiner Madamm.
Seltsamerweise freut sie sich nicht darüber.

Abends um sieben läutet die Glocke vom alten Schulhaus den
Feierabend ein. Es ist - wie immer - nix los auf de Gass. Ich
döse auf der Terrasse. Später schärfe ich - auch wie immer -
genussvoll meine Krallen am Strommast. Plötzlich ein Geräusch! Ich spitze die Ohren und schärfe die Pupillen. Ein
Kleintransporter kommt die Straße heraufgetuckert, wendet
und fährt rückwärts auf das Garagentor des verlassenen Hauses zu. Zwei Männer steigen aus und fangen an, große Behälter auszuladen. Was soll das werden? - Na, geht mich ja eigentlich nichts an. Ich spaziere heim zu meiner Madamm.

Aber Neugierde gehört zu meinen besten Charaktereigen-
schaften. Also streiche ich täglich besonders aufmerksam um
das Haus herum. Es ist immer dasselbe Spiel: Weitere Behälter, volle Säcke, allerlei Technik-Kram werden abends, bei an-
brechender Dunkelheit, ins Haus geschleppt. Männer tauchen
auf und verschwinden wieder. Da stimmt was nicht! Ich muss
aktiv werden! Also schnurre ich ab jetzt jeden Mann an, der
sich beim Haus blicken lässt. Mit Charme und Augenauf-
schlag gelingt es mir, hinein zu kommen. Schön warm ist es!
Und super hell! Und so schön grün! Begeistert will ich an den
Pflanzen knabbern, aber da setzt man mich sehr unsanft vor
die Tür!

Na, wartet! So geht man mit mir nicht um! Ich stolziere heim
und beschwere mich lauthals bei meiner Madamm. Dummerweise versteht sie kein Wort. Immerhin begreift sie, dass sie
mir zum Dachfenster folgen soll. Wir beobachten, wie unten
im Schein von Taschenlampen diverse Sachen aus einem
Transporter ausgeladen und ins Haus geschafft werden.

"Seltsam", sagt meine Madamm.
Sie merkt aber auch alles.
"Alle Jalousien sind unten, aber es scheint jemand drin zu
wohnen."

Dummchen, da wohnt niemand, da wächst etwas! Etwas Üppiges, Grünes, lecker Aussehendes!

Die Madamm greift zum Telefon:
"Hör mal, Schorsch, hast du mitgekriegt, was sich in dem Haus von der Marie tut?"
Meine Madamm ist etwas schwerhörig, deshalb hat sie - wie immer - den Lautsprecher eingeschaltet.

"Tja, Aline (Das ist meine Madamm), ich hab gehört, die Marie hat es vermietet, zu einem Spottpreis. Ist ja auch nicht die Hellste, die Marie, und wohnt ja auch weit weg."
"Da geht was nicht mit rechten Dingen zu, Schorsch! Willst du nicht mal rübergehn und gucken?"
"Ja, mach ich bei Gelegenheit."
Na, das kann dauern!

Es dauert. Aber nach ein paar Tagen ruft Schorsch meine Madamm an:
"Also, Aline, du glaubst es nicht! Ich hab da geklingelt, guckte ein Mann raus, sah bisschen schlampig aus, hat mir erklärt, es sei alles in Ordnung, sie wären Neubürger, müssten noch einrichten, Möbel transportieren und so. Klang bisschen ausländisch, aber man soll ja keine Vorurteile haben. Hat mich an der Haustür abgewimmelt. Hab aber mitgekriegt, dass drinnen was rauscht, wie son starker Ventilator."

Na, bei dem vielen Licht und dem starken Ventilator wird die Marie sich über die Stromrechnung freuen, denke ich mir.

Meine Madamm: "Schorsch, da stimmt was nicht. Wir müssen die Polizei informieren!"
"Ja, Aline, mach du das. Du kannst besser schwätze als ich."

Die Madamm ruft die Polizei an. Vielleicht kann sie doch nicht so gut "schwätze", denn die Polizei findet es nicht so interessant, was in unserem 227-Seelen-Dorf vor sich geht.

"Lieb' Frau, wenn da in der Nachbarschaft einer ein- oder aus-zieht, sind wir nicht zuständig." Also: Keiner kommt! Nichts passiert! - Mir sträuben sich die Schnurrhaare!

Ich schleiche weiter Patrouille. Behalte das Haus, die Männer, aber auch den Schorsch, der zwei Häuser weiter wohnt, im Blick. Natürlich bleibe ich bei meinen alten Gewohnheiten. Bevor ich mich mittags zum Nickerchen auf der Terrasse nie-derlasse, recke ich mich am Strommast hoch, spreize genüss-lich meine Tatzen und schärfe meine Krallen.

Jetzt erst - (Wo hatte ich bloß meine Augen? Werde ich schon senil?) - sehe ich am Strommast eine Veränderung: ein Käst-chen und Strippen. Was ist das? Wer kennt sich mit sowas aus? Schorsch! Ich renne zu ihm, erzähle ihm von meiner Ent-deckung, aber er versteht nur "Miau". - Dummbart! - Immer-hin folgt er mir, als ich voraus laufe. Ich klettere ein Stück den Mast hoch, damit er sieht, was ich meine. - Aha, er hat's ka-piert!

Er klingelt. Die Tür geht einen Spalt auf. Der Mann, den ich schon kenne, dieser Rausschmeißer, guckt misstrauisch.
Schorsch: "Kann sein, Sie haben die Stromleitung angezapft?"
"Kann sein, kann nicht sein, geht dich nix an!" - Tür zu.
Schorsch klingelt wieder. Mann guckt wieder raus.
Schorsch: "Das dürfen Sie nicht! Was treibt ihr hier eigent-lich?"
"Kümmer dich um deinen eigenen Kram!" - Tür zu. Schorsch zieht kopfschüttelnd ab.

Tage vergehen. Ich drehe meine Runden. Auch Madamm und Wauwi gehen ihre gewohnte Gassi-Tour. Nichts passiert. Aber den Schorsch, den habe ich schon länger nicht mehr ge-sehen. Verreist? Das würde keinen der Eigenbrötler küm-mern. Der Schorsch war, soweit ich weiß, noch nie verreist. Ich muss ihn suchen! Ich drehe weiter meine Runden, vergrö-ßere aber den Radius. Hunde haben einen super Geruchssinn, aber Katzen sind auch nicht ohne. Selbst ein minder ausgestatteter Mensch könnte riechen, was ich nach ein paar Tagen im Wald wittere: Schorsch stinkt bestialisch!

Madamm dazu zu übermaunzen, mir zu folgen, war nicht einfach. Dann waren sehr schnell Polizei, Spurensucher und wie sie alle heißen, zur Stelle. Schafften das weg, was vom Schorsch übrig war. Es folgten Diskussionen mit Madamm, Durchsuchung des Hauses, Festnahme von drei Männern. Einen davon kannte ich natürlich. Es war der Brutalo, der mich damals vor die Tür gesetzt und vor kurzem den Schorsch an der Haustür abgefrühstückt hatte.

Madamm erholte sich nur mühsam von dem Schock.
"Der arme Schorsch! Wer kann ihm das angetan haben?"
Dummchen! Du hättest mir nur zuhören müssen, aber du verstehst ja leider nichts!
Der Schorsch ist den Typen auf die Schliche gekommen, deshalb musste er verschwinden!

Die Cannabis-Plantage wurde aufgelöst, Spuren des Verbrechens wurden gesammelt, Beweismittel gesichert, die drei Männer in U-Haft eingelocht. Ich versuchte die ganze Zeit, der Madamm klar zu machen, wer meiner Meinung nach dem Schorsch den Hals aufgeschlitzt hatte. Schließlich ging ihr mein Gemaunze und Gezeter derart auf die Nerven, dass sie die Polizei anrief:
"Ich weiß, Sie halten nichts von uns Dörflern. Und Sie werden denken, ich sei verrückt, aber ich sage Ihnen: Mein Kater weiß mehr als Sie und ich!"

Kurz und gut: Bei der Gegenüberstellung Katze/Mann schlug ich mit Genugtuung meine kraftvolle Tatze samt ausgefahrenen Krallen in sein Bein.

Ach, Sie wollen noch wissen, wie das damals mit der Frauenleiche im Pool war? Das erzähle ich Ihnen beim nächsten Mal.

Der Wildunfall

Rüdiger van den Boom (Königswinter)

Das Ehepaar Seibisch war seit zwanzig Jahren verheiratet, bewohnte ein stattliches Haus Am Roßbächlein in Erbach, war bei den Honoratioren der Stadt angesehen und bei den Nachbarn beliebt. Wilhelm Seibisch hatte von seinen Eltern das Holzsägewerk geerbt und führte es erfolgreich weiter, Marianne Seibisch war seit ihrer Heirat nicht mehr berufstätig. Für den Haushalt hatten sie eine Angestellte, so dass Marianne Zeit und Muße hatte, sich anderen, schönen Dingen hinzugeben.

Einmal im Jahr, am letzten Freitag im August, traf sich Wilhelm Seibisch mit Besitzern anderer Sägewerke im Odenwald zu einer Besprechung rund um den Holzeinschlag im Brauereigasthof Schmucker in Unter-Mossau. Man aß, sprach kontrovers über die Lage und kühlte die Hitze der Diskussionen mit einem Weißburgunder. Es blieb nicht bei einem Glas, und als Wilhelm Seibisch gegen Mitternacht aufbrach, um nach Hause zu fahren, hatte er mehr getrunken, als er durfte. Er ging langsam zu seinem Wagen, stieg ein und fuhr die Hauptstraße und die Ortsstraße bis Daumsmühle, bog nach links ab in die Mossauer Straße. In Höhe des Wildparks Brudergrund wusste er für eine Sekunde nicht, ob er wache oder träume. Mitten auf der Straße stand ein großer Hirsch, der seinen Kopf drehte und ihn anstarrte. Seibisch trat auf die Bremse und nahm einen dumpfen Aufprall wahr. Der Airbag lag geplatzt vor ihm, das Auto stand quer auf der Straße, und irgendwo da draußen müsste das Tier liegen. Ohne, dass er genau wusste, was er tat, zog er sein Handy aus der Tasche, um seine Frau anzurufen.

Marianne Seibisch hatte für den Freitagabend zwei Familien, mit denen die Seibischs befreundet waren, zu einem Abendessen eingeladen. Während des Essens kam die Haushaltshilfe ins Zimmer und flüsterte Frau Seibisch ins Ohr, dass sie ein Herr am Telefon sprechen möchte. Über Marianne Seibischs Gesicht huschte ein kaum wahrnehmbares Lächeln, sie stand auf und verließ das Zimmer. Nach einigen Minuten kam sie zurück, setzte sich wieder an ihren Platz und führte die Gespräche fort. Nach dem Dessert trank man noch einen Portwein und gegen dreiundzwanzig Uhr verabschiedeten sich die Gäste. Kurz vor Mitternacht legte sich Marianne Seibisch ins Bett, rief über ihr Handy den Mann an, der sie während des Essens angerufen hatte, wünschte ihm eine gute Nacht und schlief ein.

Um zehn Minuten nach zwölf klingelte ihr Handy auf dem Nachttisch. Marianne hörte ein Stöhnen, dann abgehakte Sätze. Marianne, ich bin es, Wilhelm, du musst mir helfen. Komm. Ein Hirsch. Ein Unfall. Ich bin nur leicht verletzt. Nicht die Polizei anrufen. Mein Führerschein. Hab zu viel getrunken. Beeil dich.

Am Samstagmorgen um null Uhr fünfzig erhielt die Polizeistation in Erbach einen Anruf. Frau Seibisch meldete, dass ihr Mann auf der B 47 zwischen Unter-Mossau und Erbach in Höhe des Wildparks Brudergrund in einen Unfall mit einem Hirsch verwickelt und dass er schwer verletzt sei.

Fünfzehn Minuten nach dem Anruf hielt ein Streifenwagen der Polizei in Höhe des verunglückten Mercedes. Beate Krüger und Thomas Örtel steigen aus, gehen zum Mercedes, leuchten mit Taschenlampen in den Wagen, öffnen die Tür. Da der Mann nicht auf Ansprache reagiert, beschließen sie, einen Notarzt anzufordern. Der trifft fünfzehn Minuten später am Unfallort ein und kann nur noch den Tod von Wilhelm Seibisch feststellen. Auf der Rückfahrt zum Präsidium wundert sich Beate Krüger, dass der Verunglückte seine Frau und nicht sofort die Polizei angerufen habe. Thomas Örtel beruhigt sie, im Schockzustand tue man Dinge, die man nicht immer erklären kann. Die Antwort überzeugt sie nicht.
Sie bittet um ein Gespräch mit dem Leiter der Kriminalinspektion Rolf Brinkmann.

„Wen würden Sie anrufen, wenn Sie in der Nacht einen schweren Autounfall haben und verletzt wurden", fragte sie Brinkmann.

„Den Notruf 112 oder 110."

„Nicht ihre Frau?"

„Lieber den Notruf."

Brinkmann bat die Kollegin, ihm alle Unterlagen zu dem Unfall zu bringen, so dass er sich selber ein Bild machen könne.

Auf Brinkmanns Schreibtisch stand ein Karton, in dem sich die Sachen befanden, die man in den Taschen des Toten gefunden hatte. Brinkmann nahm das Handy heraus. Als letztes Telefongespräch verzeichnete die App das Gespräch mit seiner Frau um null Uhr und zehn Minuten.

„Sie hat aber erst vierzig Minuten später den Unfall gemeldet," sagte die Polizistin.

„Wir müssen wissen, wann und woran er gestorben ist", antwortete Brinkmann und führte ein Telefongespräch.

Drei Tage später erhielt Brinkmann einen Anruf von Dr. Schneider, Pathologie Uni Heidelberg.

„Der Tod ist nicht durch den Unfall passiert. Er ist nicht mit dem Kopf gegen die Windschutzscheibe geschlagen. Auch kein Genickbruch durch ein Schleudertrauma."

„Herzinfarkt, durch den Schock ausgelöst?" fragte Brinkmann.

„Nein. Die Todesursache hat nichts mit dem Unfall zu tun. Er ist erstickt."

„Durch den Airbag?"

„Nein. Der fällt nach dem Aufblasen sofort wieder in sich zusammen."

„Danke. Dann werde ich mal Frau Seibisch besuchen."

Brinkmann nahm Beate Krüger mit zu Frau Seibisch.

"Wir haben ein paar Fragen an Sie. Reine Routine. Damit wir die Akten schließen können," begann Brinkmann das Gespräch.

„Ja, natürlich", sagte Frau Seibisch und bat die beiden ins Wohnzimmer.

„Sie haben doch sicherlich sofort, nachdem Sie den Anruf Ihres Mannes erhalten haben, die Polizei verständigt."

„Natürlich"

Brinkmann zog einen Zettel aus der Tasche.

„Der Anruf ihres Mannes kam um zehn Minuten nach Zwölf. Ihr Anruf ging bei der Polizei um zehn Minuten vor eins ein. Warum haben Sie vierzig Minuten gewartet. Ihr Mann war doch schwer verletzt?"

„Ja, Nein. Ich stand so unter Schock. Ich konnte keinen klaren Gedanken fassen. Ich wusste einfach nicht, was ich tun sollte."

Frau Seibsich zuckte mit der Unterlippe, als wollte sie ihre Emotionen bekämpfen.

„Ich hatte Gäste, nach dem Essen waren wir noch etwas zusammen, dann haben die das Haus verlassen. Meine Haushilfe und ich haben noch aufgeräumt und ich bin dann ins Bett gegangen."

„Geben Sie doch bitte Frau Krüger die Namen ihrer Gäste und den ihrer Hausangestellten."

Frau Seibisch begleitete die beiden zur Haustür. Brinkmann zögerte.

„Noch eine Frage," sagte er, „wollte ihr Mann sich scheiden lassen?"

„Nein. Wie kommen Sie darauf?" Frau Seibischs Stimme zitterte.

„Nur so," sagte Brinkmann. „Aber noch was. Sind Sie schon mal mit dem Wagen ihres Mannes gefahren?"

„Nein, nie. Der ist mir viel zu groß. Ich habe einen kleinen Renault. Der reicht mir."

Draußen bat Brinkmann Beate Krüger, die Angaben von Frau Seibisch zu überprüfen.

„Wollte er sich scheiden lassen?", fragte Beate Krüger.

„Weiß ich nicht. War nur so eine Eingebung." Brinkmann lächelte.

„Das mit dem Auto auch?"

„Nein. Den Mercedes habe ich mir genau angesehen."

Beate Krüger setzte sich auf den Stuhl vor Brinkmanns Schreibtisch.

„Die Überprüfung der Gäste hat nichts Neues gebracht", begann sie ihren Bericht. „Es war alles so, wie Frau Seibisch es berichtet hat. Auch die Uhrzeiten stimmen. Nur… die Haushaltshilfe sagte, dass in Bekannter von Frau Seibisch während des Essens angerufen habe. Den Namen habe er nicht gesagt, aber sie habe die Telefonnummer notiert, da sie neugierig sei."
„Überprüfen", sagte Brinkmann.

Brinkmann und Beate Krüger standen vor einem dreigeschossigen Wohnhaus in der Hochstraße in Michelstadt. Brinkmann drücke auf die Klingel, die zur Wohnung von Lars Krüger gehörte. Sie stiegen die Treppe zur zweiten Etage hoch, Herr Krüger stand an der Tür.
„Polizei", Brinkmann zeigte seinen Ausweis, „dürfen wir hereinkommen?"
„Was wollen sie?", fragte Krüger harsch.
„Nur ein paar Fragen." Brinkmann ging an Krüger vorbei und blieb im Wohnzimmer stehen.
„Wo waren Sie in der Nacht von Freitag auf Samstag zwischen null und ein Uhr?"
„Im Bett, wo sonst. Was soll die Frage?"
„Sie haben am Freitagabend Frau Seibisch angerufen. Was wollten Sie von ihr?"
„Nichts. Wir kennen uns seit geraumer Zeit. Ist ein Anruf jetzt schon verboten?"
„Natürlich nicht. Hat Frau Seibisch sie in dieser Nacht angerufen?"
„Nein. Ich habe geschlafen."
„Wir wissen aber, dass Frau Seibisch Sie gegen null Uhr fünfzehn angerufen hat."
Beate Krüger schaute Brinkmann fragend an.
„Sie hat mich nicht angerufen"
„Hat sie doch. Und ich sage Ihnen auch, was sie gesagt hat. Dass ihr Mann sich von ihr scheiden lassen wollte und dann wäre ihr sorgenfreies Leben vorbei. Und dass er in Höhe des Wildparks Brudergrund einen Wildunfall hatte, und dass Sie hinfahren sollten, um ihn zu töten. Es sollte so aussehen, dass er bei dem Unfall gestorben sei."

„Das ist lächerlich. Ich habe die ganze Nacht geschlafen. Und sie können das alles nicht beweisen."

„Oh doch. Wussten Sie, dass Herr Seibischs Wagen vor einem Jahr aufgebrochen wurde?"

„Was hat das mit mir zu tun?"

„Sehr viel. Herr Seibisch hatte sich danach zur Sicherheit eine 360 Grad Dashcam in den Wagen einbauen lassen. Als er Sie in der Nacht kommen sah, hat er sie eingeschaltet. Sie sind im Film deutlich zu erkennen und das Kissen, mit dem Sie Herrn Seibisch erstickt haben."

Odenwälder Tradition

Harald Wölfel-Schramm (Eberbach)

Noch immer dümpelt die Leiche vor dem falschen Ufer des Eutersees. Der stapelt mit seinem Namen hoch, ist er doch eher ein kleiner idyllischer Teich, durch dessen Mitte die Grenze zwischen hessischem und badischem Odenwald verläuft. Inzwischen haben sich Gaffer eingefunden, Kommissarin Schnellerts muss ihre Versuche, den Leichnam mittels eines dürren Fichtenstamms auf die badische Seite des „Sees" zu schubsen, aufgeben. Immer wieder treibt ihn die Strömung zurück in ihren Zuständigkeitsbereich. Arbeit! Und das am Wochenende, an dem sie auf dem Nibelungensteig entspannen wollte von dem ganzen Stress der Kleinkriminalität hier im Kreis. Der Abstecher zu diesem Tümpel, abseits vom Steig, war ein Fehler.

Als die zu Hilfe gerufenen Kollegen die geborgene Leiche auf den Rücken drehen, der nächste Schreck: Das Gesicht des Toten ist von frischen Brandwunden bis zur Unkenntlichkeit entstellt. Bestimmt kein Unfall also, und das bedeutet noch mehr Arbeit! Schlecht gelaunt kramt die Kommissarin nach einer Zigarette. Der steile Aufstieg nach Hesselbach fällt ja wohl aus, da kann sie jetzt auch eine qualmen. Dann geht's an die leidige Arbeit. In der verkrampften Hand des vor ihr Liegenden entdeckt sie einen Zettel, darauf die kryptische Notiz „Net vum Stube – vum Kölp". Auch die Kriminalpathologie findet später zunächst Unerklärliches: Der hohe Alkoholgehalt im Blut verwundert nicht. Schon die Bekleidung, besonders die abgestoßene Lederhose des Toten ließ an einen obdachlosen Alkoholiker denken. Die Größe der Leber bestätigt zumindest Letzteres. Erstaunlich aber ist, dass jede Spur von Euterseewasser in der Lunge fehlt. Und noch verwunderlicher: Stattdessen findet sich darin eine klebrige, weiß-gelbliche Masse. Mehrfach wird die Analyse wiederholt, zu unglaublich ist das Ergebnis. Es ändert sich jedoch nichts – es handelt sich definitiv um Kochkäse!

Gelehrten Heimatforschern und Historikern ist wohlbekannt, dass es noch im 18. Jahrhundert im Odenwald guter Brauch war, sich unliebsamer Zeitgenossen auf eine besondere regionaltypische Art zu entledigen. Zunächst wurde das Opfer unter freundlichem Geplauder bis zur Ohnmacht betrunken gemacht. War die eingetreten, wurde der Kopf so lange in noch heißen Kochkäse getunkt, bis endlich der Erstickungstod eintrat. Eine Tradition, die wie so viele andere in Vergessenheit geraten schien, jetzt aber offenbar wieder aufgelebt war. Alle Indizien sprachen dafür. Die genaue Analyse des Käses ergab einen so hohen Natronanteil, wie er ausschließlich im Gersprenztal verwendet wird. Berge entfernt vom Eutersee musste also die Tat verübt worden sein. Wohl um den Tatort zu verschleiern, wurde die Leiche bis in die Oberzent transportiert. Auch das noch, musste sich Lisbeth Schnellerts also vom heimatlichen Mümlingtal aus über diese ihr so verhassten Berge quälen. Auf der kurvenübersäten Abfahrt wurde ihr zuverlässig schlecht.

Wir schreiben das Jahr der verheerenden Spätfröste. Unzählig die Apfelblüten, die ihnen zum Opfer gefallen waren. Jetzt zeigen sich die Folgen. Erbärmlich fällt überall die Ernte aus. Was andernorts mit bedauerndem Schulterzucken zur Kenntnis genommen wird, führt im Odenwald zu einem drastischen Anstieg der Kriminalität. Bekanntlich überlebt der Odenwälder und ebenso die Odenwälderin kaum eine Woche ohne den oft reichlichen Genuss von Apfelwein. Ohne richtige Äpfel aber auch keinen Apfelwein, das Supermarktsurrogat taugt für dessen Herstellung nicht. Eine Grundnahrungsmittelkrise steht bevor! Immer öfter werden die nur spärlich bestückten Streuobstwiesen nächtens geplündert. Als es in der Gegend um das beschauliche Reichelsheim schließlich sogar zu Mostdiebstählen in den Kellereien kommt, sieht sich die Kripo Gersprenztal gezwungen, die Sonderkommission „Ebbel" zu gründen. Zu deren Leitung wird Hauptkommissar a. D. Gustav Rodensteiner aus seinem vorzeitigen Ruhestand zurückgeholt. Aus dem Dienst hatte er scheiden müssen, nachdem er das vierte Mal volltrunken unter seinem Schreibtisch aufgefunden worden war. Seine herausragende Expertise in Sachen Äpfeln und deren wichtigstem Verarbeitungsprodukt hatte er sich schon damals angetrunken und in der Zwischenzeit sogar noch erheblich vertieft. Auf sie konnte nicht verzichtet werden. Das Schleichen um die Kurven begleitet das Autoradio mit pseudophilosophischem Geschwurbel darüber, dass alles mit allem zusammenhänge. So schwer erträglich ist es wie die Autoschlange hinter ihr. Aber vielleicht stimmt es ja, vielleicht stehen auch die beiden Schwerverbrechen, Mord und Mostdiebstahl, in einem noch zu klärenden Zusammenhang? Wurde der Tote vielleicht Opfer einer Auseinandersetzung zwischen konkurrierenden Banden, die sich dem Apfeldiebstahl verschworen hatten? Oder war es ein Aussteiger aus diesem Milieu? Nachdem sie das Gersprenztal erreicht und sich kurz hinter Beerfurth übergeben hat, sucht Kommissarin Schnellerts sofort die Soko „Ebbel" auf. Die findet sie verzweifelt und ohne deren Leiter vor. Seit über einer Woche ist der untergetaucht. Vergeblich hatte man in allen seinen Stammkneipen nach ihm gefahndet.

Sie hat nur wenig Hoffnung, dass jemand die im Gesicht so entsetzlich entstellte Leiche erkennen wird, trotzdem reicht Schnellerts deren Bild herum. „Die ollwer Ledderhos', des is' de Guschdl!" Anhand des ungewöhnlichen Beinkleides erkennt die Soko sofort, dass sie endgültig auf ihren Leiter verzichten muss. Umgehend wird dessen Wohnung in Fränkisch-Crumbach nach möglichen Spuren durchsucht. Sie finden sich. Aufgereiht auf dem Küchentisch finden sich geleerte Flaschen, etikettiert von einem Restaurant mit weit über die Region reichendem Ruf für herausragende traditionelle Küche und – exquisite Apfelweine! An den Flaschen hängen in unregelmäßiger Abfolge Zettel „vum Brämer", „vum Layer", „vum Kölp", Namen der im Tal ansässigen Apfelweinkeltereien. HK a.D. Rodensteiner hatte ihre Herkunft kenntnisreich herausgeschmeckt und war so einem ungeheuerlichen Etikettenschwindel auf die Spur gekommen. Die kryptische Notiz hat ihre Erklärung gefunden.

Johannes Stube, Inhaber des Restaurants, hat bis heute nicht gestanden, Rodensteiner auf so traditionsbewusste Weise ermordet zu haben. Nachdem ihm der hinter Diebstahl und Betrug gekommen war, hätte Stube ein ausreichendes Motiv gehabt. Zur Freude der unzähligen Anhänger seiner exzellenten Küche reichten die Indizien allerdings zu einer Verurteilung nicht aus. Und wer glaubt schon einem im Kochkäse ertrunkenen Säufer? Es wird nun jedoch gemunkelt, dass nach dem Prozess an den Standorten der drei Keltereien der Absatz von Natron sprunghaft angestiegen sei.

Das tote Mädchen vom Odenwald

Dieter Wolf (Erbach)

Entsetzt blickte der Kommissar auf die Leiche der jungen Frau. Ihre Augen waren geschlossen. Das rötliche Haar umrahmte das hübsche und makellose Gesicht. Im Licht der aufgehenden Sonne glänzte der Morgentau auf ihrer bleichen Haut wie ein seidiger Schleier.

*

Julia blickte von ihrem Laptop hoch. Sie hatte gerade die letzten Zeilen ihres Krimis eingetippt. Es fehlte nur noch ein passender Titel, dann würde sie ihn morgen abschicken und hoffen, dass er es in die Anthologie des Schreibwettbewerbs schaffen würde. „Mörderischer Odenwald" war das diesjährige Thema. Doch hier oben auf den Hügeln in der Nähe der Haselburg, den Überresten einer römischen Villa, sah der Odenwald alles andere als mörderisch aus. Die letzten goldenen Strahlen der untergehenden Herbstsonne trafen die Baumwipfel der umliegenden Höhenzüge. Am Horizont reflektierten Windräder das Sonnenlicht und bildeten einen hellen Kontrast zu den dunklen Wolken, die sich dahinter aufbäumten. Ein Sturm kam auf und Julia wollte vor dem nahenden Gewitter zu Hause sein. Sie packte das Laptop in ihre Umhängetasche und eilte zum Auto.
Gedankenversunken folgte sie den Serpentinen der schmalen Landstraße, die ins Tal hinab führten. Ein Blitz zuckte direkt über ihr durch den schwarzen Himmel, gefolgt von einem ohrenbetäubenden Donnerschlag. Im letzten Moment sah sie den Baum quer auf der Straße liegen. Sie erschrak und machte eine Vollbremsung. Was nun? Weder über die steile Böschung rechts noch über den Abhang auf der linken Seite war es möglich vorbeizukommen. Sollte sie den ganzen Weg wieder zurückfahren? Sie sah sich um. Rechts von ihr zweigte ein schmaler Weg ab, der hier durch den Wald führte. Vielleicht konnte man über diesen wieder zum freien Teil der Straße gelangen. Sie zögerte kurz, dann beschloss sie es zu riskieren.

Der Unterboden ihres alten Autos setzte mehrmals in der Mitte auf. Mittlerweile war es stockfinster und der sintflutartige Regen prasselte gegen die Scheiben. Sie sah fast nichts mehr. Immer wieder drehten die Reifen auf dem schlammigen Boden durch. Die Zweige der Büsche am Wegrand wurden durch den Sturm gegen ihren Wagen gepeitscht, als wollten sie nach ihr greifen. Mit Schrecken sah sie, dass ihr Tank fast leer war. „Was ist, wenn ich hier stehen bleibe?", dachte Julia und ihr wurde bewusst, dass es eine blöde Idee gewesen war, hier lang zu fahren. Im nächsten Moment wurde das Fahrzeug schlagartig gestoppt und sie dabei heftig in den Gurt geschleudert. Julia legte hastig den Rückwärtsgang ein und gab wieder Gas. Doch nichts passierte, die Reifen drehten durch. Sie stieg aus, um sich ein Bild von der Lage zu machen.

Das Fahrzeug war auf einen Felsbrocken aufgefahren. Alleine würde sie hier nicht mehr wegkommen. Erschöpft setzte sie sich wieder ins Auto. Sie war völlig durchnässt und zitterte am ganzen Körper. Hektisch griff sie in die Tasche und zog ihr Handy heraus. Natürlich! Von den 5 Balken auf der Anzeige leuchtete kein einziger. „Diese verfluchten Funklöcher!", dachte sie. Als ihr vor Verzweiflung die Tränen kamen, bohrten sich aus entgegengesetzter Richtung zwei Scheinwerfer durch den Schleier aus Regen und Dunkelheit. Wenig später hielt ein verrosteter Jeep direkt vor ihrem Wagen. Eine Person erhob sich aus ihm und schritt langsam auf sie zu. Über ihrer linken Schulter trug sie ein Gewehr. „Hoffentlich nur der Förster", dachte Julia, da klopfte es bereits an ihrer Scheibe. Trotz ihrer panischen Angst, ließ sie das Fenster runter und blickte in das finstere Gesicht eines Mannes, dessen zerzaustes Haar ihm wirr in die Stirn hing. Eine hässliche Narbe verlief quer durch sein Auge und verschwand in seinem verfilzten Bart. „Sie haben hier bei diesem Sauwetter nichts verloren", rief er mürrisch. „Ich habe mich festgefahren", antwortete sie nur knapp. „Hier kommen Sie jetzt nicht mehr raus. Mittlerweile wird der Weg durch die Fluten des Baches überspült. Ich kann Ihnen anbieten, sich in meiner Hütte am Ofen aufzuwärmen bis das Gewitter vorüber ist. Dann kann ich Sie rausziehen." Julia hatte ein flaues Gefühl im Magen. Der

Mann war ihr nicht geheuer. Aber als sie sah, dass die Tankanzeige von ihrem Wagen auf Rot stand, willigte sie schließlich doch ein.

Die Hütte des Mannes war nicht minder verwahrlost als deren Besitzer. Das feuchte Holz der Wände war mit Moos überzogen. Drinnen roch es modrig, in den Ecken hingen Spinnweben und überall lag Gerümpel herum. Benutztes Geschirr stand auf einem Spültisch. An der Rückseite, neben einem kleinen Holzofen, stand ein schmales Bett, auf dem eine Wolldecke lag. „Setzen Sie sich hin", sagte der Mann forsch und deutete auf einen Sessel in der Ecke. Er ging zum Ofen, nahm eine Tasse, goss aus einer Kanne eine Flüssigkeit hinein und reichte sie ihr. Es roch nach Kräutertee. Sie trank diesen und langsam kehrte die Wärme in ihre Glieder zurück. Sie merkte wie erschöpft sie war und schloss ihre Augen.

Als sie erwachte, lag sie auf dem Bett. Julia wusste nicht wie lange sie geschlafen hatte. Der Sturm hatte sich gelegt und das Gewitter war vorübergezogen. Es war unheimlich dunkel und still. Nur das Feuer im Ofen, dass das einzige Licht in der Hütte war, knisterte leise vor sich hin. Verwirrt blickte sie sich um. Der unheimliche Mann war spurlos verschwunden. „Verdammt, hat dieser Mistkerl mir etwas in den Tee gemischt?", dachte sie, schwang sich die Wolldecke über und lief zur Tür. Diese war fest verschlossen. Verzweifelt suchte sie eine Möglichkeit zu entkommen. Doch auch die massiven Läden der 2 kleinen Fenster ließen sich nicht öffnen. Sie war hier gefangen. Panik kam in ihr auf.

Nach einer gefühlten Ewigkeit klopfte es plötzlich an der Tür. „Hallo, ist da jemand drin?", fragte eine junge Männerstimme. „Hilfe, ich wurde hier eingesperrt!", rief Julia. „Moment! Ich bin gleich wieder da." Julia hörte wie sich Schritte entfernten und nach einer Weile kam der Mann zurück. „Gehen Sie von der Tür weg!', rief er, dann hörte Julia wie mit einem schweren Gegenstand mehrmals auf das Schloss geschlagen wurde. Schließlich sprang die Tür auf. Das Schloss samt Riegel lag auf der Veranda. Der junge Mann, der vor ihr stand und einen Wagenheber in der Hand hielt, lächelte sie an. „Da haben Sie aber Glück gehabt. Ich kam nur zufällig hier vorbei und da sah ich das verlassene Auto und weit und breit keinen Menschen. Ich suchte dessen Besitzer und fand sie hier schließlich in der Hütte. Was ist passiert?". „Ich weiß es nicht genau", sagte Julia. „Ich hatte mich festgefahren und dann kam dieser unheimliche Mann und brachte mich hier her. Ich schlief in der Hütte ein. Als ich wieder wach wurde, war ich eingesperrt." „Dann kommen Sie schnell! Wir müssen hier weg, bevor das alte Narbengesicht zurückkommt! Mein Wagen parkt dort unten." Julia folgte ihm. Sie liefen den schmalen Pfad hinunter.

Hinter ihrem Wagen parkte jetzt ein schwarzer SUV. Der Mann schloss die Fahrzeugtür auf: „Steigen Sie ein. Ich bringe Sie nach Hause." „Moment noch", sagte Julia. Sie lief zu ihrem Auto und holte das Laptop heraus. „Da ist meine Geschichte drauf, die muss ich heute unbedingt noch abgeben", sagte sie zu ihm, dann stieg sie ein. Er fuhr den SUV rückwärts und wendete an einer breiteren Stelle. Auf der Fahrt war der Mann merkwürdig still und blickte starr geradeaus. Plötzlich schoss Julia ein beängstigender Gedanke durch den Kopf. „Moment mal, Sie sagten doch, dass alles verlassen war und sie nur mich in der Hütte gefunden haben. Woher wussten Sie dann, dass dieser Mann, der mich gefangen hielt, eine Narbe im Gesicht hatte?". Der SUV stoppte abrupt. Die dunklen Augen des Mannes funkelten sie böse an. Dann packte er blitzschnell zu und begann ihren Hals zu würgen. Es dauerte nur wenige Minuten, dann verlor Julia für immer das Bewusstsein.

*

Einige Stunden später blickte der Kommissar auf die Leiche der jungen Frau. Die Art wie sie aufgefunden wurde, deutete auf den sogenannten „Odenwaldmörder" hin. Vermutlich kam dem Serienkiller, nach dem sie schon lange suchten, dieses Mal der Förster in die Quere. Dessen Leiche wurde weiter oben in einem alten Jeep gefunden. Den Ermittlungen nach, hatte er der Frau Unterschlupf gewährt. Der Täter musste die beiden im Morgengrauen überrascht und getötet haben.

Der Mörder warf den Schlüssel zur Waldhütte weg. Nachdem er den Förster getötet hatte, nahm er dessen Schlüssel an sich. Er selbst hatte Julia damit eingesperrt, um sie anschließend zu retten. Er fand in seinem Auto das Laptop mit Julias Krimi. Ein Titel fehlte noch. Er wollte den Krimi seinem Opfer widmen und ergänzte die Überschrift: „Das tote Mädchen vom Odenwald". Er war zufrieden. Ja, der Titel passte! Dann schickte er die Mail mit der Geschichte ab. Im gleichen Jahr wurde der Kurzkrimi in der Anthologie des Schreibwettbewerbs veröffentlicht. Niemand bei der Preisverleihung ahnte, dass der vermeintliche Autor den Krimi anstelle seines Opfers eingereicht hatte.

Das dunkle Geheimnis

Maja Glenk (Heidelberg)
Erster Preis (Altersgruppe 11 - 12 Jahre)

Es war Freitagabend. Herr Kraus hatte gerade die Haustür seiner Villa in Reichelsheim im Odenwald abgeschlossen und lief mit seiner Frau zu ihrem schwarzen Porsche.
Er hatte eine riesige Kaffeefirma, die überall in Deutschland Cafés und Supermärkte belieferte. Und er war der reiche Chef dieses Imperiums.
„Das wird bestimmt ein schöner Abend bei unserem Freund", lächelte Herr Kraus.
„Ja, kaum zu glauben, dass Wilfried schon 50 Jahre wird", gab Frau Kraus ihrem Mann recht.
Sie stiegen in das luxuriöse Fahrzeug ein und fuhren zum Tor. Herr Kraus öffnete es mit einer elektronischen Fernbedienung. Nachdem sie hindurch gefahren fahren, schloss er das Tor wieder und sie machten sich auf den Weg zu der Party.

Das Ehepaar hatte allerdings nicht bemerkt, dass ein dunkler Schatten männlicher Gestalt auf ihr Grundstück gehuscht war.
Drei Mal sah der Schatten, der einen Rucksack trug, sich um und rannte dann schnellen Schrittes zum Haus.
Im zweiten Stockwerk stand ein Fenster offen.
Der Mann zögerte nicht lange und lief eilig zu dem Rosengitter, das an der Wand der Villa befestigt war. Die Rosen wuchsen bis zum Balkon in den ersten Stock und an dem Geländer des Balkons weiter. Doch jetzt in der Dunkelheit strahlte nur der Mond die Villa an.
Der Mann trug dicke Handschuhe, weshalb er sich auch nicht an den Rosen stach.
Er kletterte vorsichtig das Rosengitter nach oben, betrat den Balkon und kletterte durchs Fenster ins Haus.
Flink schlich er zu einer Tür im Flur.
Langsam drückte er die Türklinke nach unten, doch sie war verschlossen.

Der Einbrecher nahm seinen Rucksack ab und holte einen Draht heraus. Er knackte in Sekunden die Tür, sie sprang auf und gab den Blick in ein Arbeitszimmer frei.

Der Mann lief schnurstracks zu einem der zwei Schränke, die neben einem Schreibtisch standen und öffnete ihn. Ein Tresor kam zum Vorschein. Er gab sechs Zahlen ein: 8, 6, 0, 1, 4, 2. Die Tresortür sprang auf und ein Papierstapel zeigte sich. Ein Grinsen haschte über sein Gesicht. Hastig nahm er die Blätter und verstaute sie. Er befestige schnell ein kleines schwarzes Ding unter dem Tisch und eilte dann mit samt den geklauten Papieren zum Balkon zurück. Und so leise wie er gekommen war, verschwand er auch wieder.

Weit nach Mitternacht kamen Herr und Frau Kraus zurück nach Hause. Sie bemerkten nicht, dass jemand Fremdes in ihr Haus eingestiegen war. Ahnungslos gingen die beiden ins Bett und schliefen ein.

Am nächsten Morgen um acht Uhr klingelte in der Villa Kraus das Telefon.

„Welcher Idiot weckt uns denn so früh!", schimpfte Herr Kraus.

Er drehte sich im Bett herum und wollte weiterschlafen. Doch das Telefon klingelte immer weiter.

„Och, jaja, ich komme schon!", gab Herr Kraus schließlich nach.

Er lief zum Telefon und nahm ab.

„Ja, hier bei Kraus, wer ist da?", fragte er genervt.

Eine gruselig tiefe Stimme erklang.

„Hey Alter, rück 10.000 € raus, sonst werden deine Unterlagen veröffentlicht. Alle werden sich bestimmt brennend interessieren, dass für deine Kaffeebohnen aus Südamerika Kinder und schlecht bezahlte Bauern arbeiten müssen!", sagte sie finster.

„Wer, wer ist da?", fragte Herr Kraus verwirrt.

„Ha, das würdest du vielleicht gerne wissen, also 10.000 € für die Papiere oder sie werden veröffentlicht", sagte die Männerstimme.

„Ich glaube, sie verwechseln mich mit jemandem, ich habe keine Ahnung, von was sie sprechen! Welche Papiere?"
„Die aus deinem Tresor. Also 10.000 € bekomme ich morgen um Punkt 18 Uhr im Felsenmeer. Du weißt ja wo das ist", sagte der Mann.
„Äh, jaja weiß ich!", sagte Herr Kraus und gab schließlich nach.
„Gut, dann bis Morgen. Ach so, keine Polizei, Alter. Aber die willst du ja selbst nicht. Das wäre ja dein eigener Untergang, wenn die Polizei von allem erfährt!"
„Nennen sie mich nicht Alter!", sagte Herr Kraus empört.
„Phh, tschüss Alter!", lachte der Erpresser und legte auf.
Herr Kraus nahm langsam das Telefon von seinem Ohr ab und schüttelte den Kopf. Das konnte doch nicht sein. Er war unsicher. Sollte er die Summe zahlen? Rasch lief er in sein Arbeitszimmer und sah, dass sein Tresor tatsächlich geöffnet war. Er schnappte sich sein Handy und tippte eine Nummer ein.
Aus dem Gerät erklang eine leise Stimme.
„Warte mal, ich muss dich auf laut stellen, so versteht man dich ja gar nicht!", sagte Herr Kraus.
„Was gibt's, wir haben gesagt, dass wir uns nicht dauernd anrufen!", verstand man die helle Männerstimme jetzt besser.
„Bist du alleine?".
„Ja!"
„Okay, also wir haben ein Problem", fing Herr Kraus an. "Ich werde erpresst. Jemand hat die Papiere geklaut, er droht mir, wenn ich nicht 10.000 € übergebe, dann will er sie veröffentlichen. Was machen wir jetzt?"
„Was, geklaut, wie konnte das passieren?"
„Ist doch egal, was mache ich jetzt?"
„Na bezahlen, was denn sonst, es ist doch viel zu gefährlich, sich dagegen zu wehren und aufzufliegen!"
„Mach aber trotzdem erstmal langsam mit den Kindern, wer weiß."
„Schade, die zwölfjährigen drei Mädels arbeiten gerade gut und die beiden Siebenjährigen machen auch Fortschritte."
„Es ist besser so. Dann zahle ich. Die 10.000 € habe ich zum Glück auch zu Hause. Etwas Besseres fällt mir eh nicht ein."

„Ja, bezahl sie, tschüss."

„Okay, tschüss."

Mit einem tiefen Seufzer legte Herr Kraus auf.

Seiner Frau erzählte er allerdings nichts.

„Wer war denn das?", fragte sie.

„Äh", stotterte er, denn seine Frau wusste nichts von seinen Geheimnissen, „das war, äh, nur meine Kaffeefirma. Sie haben nur Bescheid gegeben, dass eine neue Ladung Kaffeebohnen angekommen ist."

„Aha", sagte Frau Kraus nur.

Unruhig frühstückte Herr Kraus und auch für den Rest des Tages war er furchtbar angespannt.

Am nächsten Morgen wachte er früh auf. Er wartete den Tag ab und fuhr abends um 17:30 Uhr los. Angekommen auf dem Parkplatz stieg er aus und lief samt dem Geldumschlag los. Ohne Ziel stapfte er ins Felsenmeer, denn der Verbrecher hatte ihm keinen Treffpunkt mitgeteilt. Er kletterte über einen großen Stein. Es waren keine Besucher mehr da, denn die Sonne ging bereits unter und es wurde dunkel. Herr Kraus gruselte es ein wenig. Hinter jedem Stein konnte der Verbrecher lauern. Wieder kletterte er über einen etwas kleineren Stein. Sie waren kalt, glatt und hatten eine graue Oberfläche. Zwischen manchen Steinen waren tiefe Lücken, wenn man nach unten sah, schaute man ins Nichts, ins Schwarze.

„Hey, hier!", sagte plötzlich eine tiefe Stimme.

Hinter einem Stein trat ein großgewachsener Mann hervor.

„Erst die Unterlagen, dann bekommen Sie das Geld!", kam Herr Kraus gleich zur Sache.

„Nicht so eilig", sagte der Verbrecher.

Der Mann wedelte mit den Papieren in der Luft.

Herr Kraus schnappte nach ihnen.

„Na, na, na, nicht so eilig, wir haben Zeit, ich habe nämlich mal eine Frage. Wieso lässt du Kinder arbeiten?"

„Weils billiger ist, Kinder arbeiten viel und auch gut, aber was soll diese Fragerei, gib mir die Papiere!", brüllte Herr Kraus.

„Um dich ans Messer zu liefern", sagte der Mann.

„Was heißt das?"

Nun trat noch eine Person aus dem Schatten. Es war Frau Kraus.

„Schatz, was machst du denn hier?", verwundert sah Herr Kraus seine Frau an. Der huschte eine Träne über die Wange.

„Also stimmt alles, was du mit einem Mann am Telefon besprochen hast."

„Was meinst du?"

„Ich habe zufällig mitgehört als du vor einer Woche mit deinem Handlanger wegen Kinderarbeit, die du seit Jahren hinter meinem Rücken führst, telefoniert hast. Ich habe auch gehört, dass er gefragt hat, ob die Papiere, wo alles mit der Kinderarbeit drauf steht sicher in dem Tresor verstaut wären. Ich bin so enttäuscht!"

„Du weißt davon?", fragte Herr Kraus entgeistert.

„Ja, ich kann es nicht fassen, dass du so etwas getan hast!", schluchzte Frau Kraus.

„Ich kann es auch nicht fassen, dass du mit dem Typen zu tun hast!" erwiderte Herr Kraus.

„Als ich von deinem dunklen Geheimnis erfahren habe, war ich so verwirrt, dass ich meinen alten Freund Laurin angerufen habe. Er ist Mitglied bei einer Organisation, die sich gegen Kinderarbeit einsetzt. Laurin hat gemeint, dass man für die Tat Beweise bräuchte. Deshalb habe ich das Fenster offengelassen, damit er ohne Probleme in unser Haus konnte. Ich habe ihm auch die Zahlen für den Tresor gegeben, die du mir mal gesagt hattest. Übrigens habe ich gerade das ganze Gespräch mit dir und Laurin aufgenommen. Damit werden wir zur Presse gehen. Außerdem hat Laurin bei seinem Besuch noch eine Wanze installiert. Alle Gespräche, die du seitdem in dem Raum geführt hast, haben wir ebenfalls aufgenommen. Ich habe mich so in dir getäuscht."

„Mist!"

Schnell rannte Herr Kraus, immer noch mit dem Geldumschlag in der Hand, weg. Doch niemand folgte ihm.

Am nächsten Tag schlug Herr Kraus in seiner Villa die Zeitung auf. Seine Frau war abends nicht nach Hause gekommen. Doch er war sich sicher, dass sie und dieser Laurin nicht ernst machen würden. Doch da täuschte er sich. Gleich auf der Titelseite war ein Bild von ihm. Die Schlagzeilen darunter lauteten: „Simon Kraus - Kinderarbeit in Südamerika aufgeflogen! Frau will sich scheiden lassen!"

Wo die Zeit anders tickt

Hannah Wilde (Michelstadt)
Erster Preis (Alterskategorie 13 - 15 Jahre)

Liebe Bürger*innen des Odenwaldes, oder besser gesagt, der ganzen Welt, schwere Zeiten liegen hinter uns, doch die Zeiten, die vor uns liegen, werden sicherlich noch viel schwerer und verrückter. Ich, Leopold Maximilian Werker, warne euch hiermit vor der größten Katastrophe der gesamten Welt, denn ein Verrückter hat soeben angefangen, die Zeit festzufrieren. Dies wird zu einem Stillstand der gesamten Galaxie führen. Deshalb rufe ich euch auf, euch dagegen zu wehren. Liest jemand diesen Text mit Bedacht, so soll er am Montag um 8.00 Uhr nächster Woche vor meiner Tür in der Bachstraße in Würzberg stehen. Dies war meine letzte Warnung!

Erstaunt richtet sich Siegfried auf und zieht seine Augenbrauen nach oben. Damit hatte er nicht gerechnet, als er seine Wohnung angefangen hatte zu renovieren und diese Anzeige in einer abtapezierten Zeitung fand. Nun, so denkt er, gibt es doch noch einen letzten Fall als Zeitforscher zu erledigen. Früher einmal war er nämlich ein bekannter Wissenschaftler, der sich mit der Zeit auseinandergesetzt hatte, doch nach seiner Pensionierung wollte er sich eigentlich aus dem Trubel zurückziehen und stattdessen die letzte Zeit seines Lebens bei einer Tasse Tee in diesem Haus irgendwo im Odenwald verbringen, doch seit er diesen Artikel fand, lässt er Siegfried keine Ruhe. Er will unbedingt herausfinden, was damals geschah. Plötzlich ertönt im Flur ein Geräusch. Kurz darauf läuft ein roter Kater ins Wohnzimmer und springt mit einem Satz auf das Sofa neben Siegfried. Der Kater lässt sich auf dem Schoß von ihm nieder, dabei rollt er sich zusammen und miaut dreimal laut. „Ich weiß, du willst auch wissen, was es mit der Anzeige auf sich hat! Sollen wir der Sache auf den Grund gehen?", fragt Siegfried und lächelt. Der rotgetigerte Kater gibt ein tiefes Brummen von sich. Er ist also auch einverstanden. „Na gut, dann fahre ich jetzt erstmal zum Michelstädter Stadtarchiv, um mich über die Anzeige zu informieren. Du bleibst am besten hier liegen und wartest, bis ich wieder-komme!", sagt er, während er den Kater von seinem Schoß hochhebt und ihn auf das grüne Sofa legt. Dann verlässt er mit schnellen Schritten das Haus und steigt in seinen alten Golf. Bald darauf ziehen an dem Auto große mystische Bäume, satte Wiesen und ein paar Felder vorbei. Das ist es, was Siegfried am Odenwald so mag, alles wirkt friedlich, denn hier tickt die Zeit irgendwie anders. Nach wenigen Minuten kommt er in Michelstadt an und beginnt sogleich, etwas über diesen Artikel herauszufinden. Mehrere Stunden verbringt er dort, mit ein wenig Erfolg. Am Ende hatte er herausgefunden, dass diese Anzeige aus dem Jahr 1904 war und von einem ver-rückt gehaltenen Professor geschrieben wurde. Glücklich fährt Siegfried nach Hause, um seinen Kater, Nero, abzuho-len.

Dieser wartet schon aufgeregt an der Tür, als sie Siegfried öff-net, und springt auf den Beifahrersitz des Golfes. Dann fah-ren sie auf einen Wanderparkplatz im Odenwald, steigen aus und laufen etwa 200 Meter, bis sie vor einer alten Buche ste-hen bleiben. Dieser verknorpelte Baum ist die Tarnung einer Zeitmaschine, die Siegfried vor mehreren Jahren entworfen hatte. Ein kühler Windstoß lässt Siegfried frieren. Das letzte Mal, als er die Maschine benutzt hatte, kam er fast nicht mehr zurück, aber er will unbedingt wissen, ob Herr Werker Recht hatte. Nach einiger Überwindung hält er eine Metallscheibe, die wie ein Autoschlüssel funktioniert, an den Baum, welcher sich kurze Zeit später in eine Zeitmaschine verwandelt. Eine Tür klappt auf. Dann ertönt ein Zischen. Siegfried setzt sich etwas zögerlich auf einen Sessel in diesem Gerät. Etwas später springt Nero auf seinen Schoß. Der Wissenschaftler stellt auf einer Drehscheibe das Jahr 1904 und den Termin des Treffens in Würzberg ein. Einen Moment Stille. Danach dreht sich die Maschine immer schneller, wirbelt umher. Plötzlich wieder Stille. Das Gerät ist verschwunden.

Im Jahr 1904 angekommen, steigen Siegfried und sein Kater aus der Maschine aus und sehen sich in der „alten" Stadt Michelstadt um. In den Gassen ist Betrieb, überall laufen Leute umher und unterhalten sich. Von irgendwo kommt ein süßer Duft herbeigeweht. Siegfried sieht sich fasziniert um, fängt danach jedoch an, einige Leute nach Leopold Maximilian Werker zu befragen. Eine Frau kann ihm helfen, sie gibt ihm die Adresse von Leopold Werker und beschreibt ihm den Weg zum Haus in Würzberg. Sie warnt den Wissenschaftler jedoch, Leopold Werker sei zwar ein netter, aber nicht immer ernstzunehmender Mann. Bald darauf sitzt Siegfried in einer Kutsche und kommt eine Stunde später in der Bachstraße an. Vor ihm steht ein Haus mit gelben Schindeln. In einem Garten stehen wenige Stühle, auf denen Leute sitzen. Sie hören einem älteren Mann zu, der vor ihnen steht und wild gestikuliert. Leise betritt Siegfried den Garten und setzt sich auf einen freien Stuhl. Sein Kater kommt ihm zögerlich hinterher. Gespannt lauscht Siegfried Leopold Maximilian Werker, der gerade erst richtig in Fahrt kommt. „Deshalb, meine lieben Freunde, wird es Zeit, etwas gegen Viktor Stahl zu unternehmen. Er will uns unsere Zeit stehlen, uns festfrieren in dieser Zeit und damit unsere Zukunft gefährden. Viele Menschenleben sind bedroht! Bisher hält ihn jedoch niemand auf, weil es alle nicht wirklich ernst nehmen, aber Stahl hat schon angefangen! Wir müssen schnell handeln, nur so können wir diese Katastrophe verhindern", fordert er die Leute auf. Siegfried schaut ihn neugierig an. Nach seiner Rede verlassen die Zuhörer den Garten nach und nach. Die meisten Menschen schmunzeln nur. Siegfried entschließt sich jedoch, mit dem Mann zu reden und geht auf ihn zu. Nach einem ausgiebigen Gespräch mit Leopold weiß Siegfried nun, dass Leopold früher einmal mit Viktor befreundet war und dieser ihm von seinen grausamen Plänen erzählt hatte. Leopold will dies nun verhindern, indem er die anderen warnt und an einem Plan arbeitet. Ganz überzeugt ist Siegfried nicht. Auf die Frage, ob Siegfried und Nero für eine Nacht bei ihm schlafen könnten, antwortet der Erfinder aber mit einem gastfreundschaftlichen Lächeln.

Am nächsten Tag wird Siegfried von einem Klopfen geweckt. Der Erfinder steht aufgeregt vor der Tür. Sobald Siegfried diese öffnet, fängt er sofort an, zu erzählen: „Viktor hat heute Nacht schon Afrika, Süd- und Nordamerika, Asien, Australien sowie alle Inselstaaten eingefroren. Das hat er mir mitgeteilt! Nun ist er dabei Europa einzufrieren! Kommen Sie schnell, Sie müssen mir helfen. Nur so können wir überleben." Schnell gehen die zwei Männer in das Büro von Leopold. Dort zeigt er Siegfried eine Skizze von einer riesigen Uhr, die auf der Spitze der Michelstädter Stadtkirche angebracht ist. „Diese Uhr muss an die höchste Stelle in Michelstadt gebaut werden, dann kann die Welt nicht festgefroren werden, weil die Uhr die Zeit immer weiter ticken lässt!", erklärt der Erfinder. Im Anschluss zeigt Leopold noch die Uhr aus der Skizze, diesmal nur die reale Version. Sie ist riesig, doch es bleibt keine Zeit für lange Erklärungen oder die Frage, wie man sie auf die Kirche bekommt.

Dann geht alles schnell, Siegfried und Leopold transportieren die Uhr mühevoll mit einer Kutsche nach Michelstadt. Die Leute sehen die Uhr und schauen neugierig herüber, als sie jedoch Leopold entdecken, laufen sie weiter. Danach tragen die beiden die Uhr durch das enge Treppenhaus nach oben. Stufe für Stufe. Endlich oben angekommen, erwähnt Leopold, der Odenwald sei nun als einziges noch nicht eingefroren. Während die Sonne untergeht, versuchen die Männer die Uhr so schnell wie möglich zu montieren. Sie beachten dabei gar nicht, dass Nero wegrennt... Einige Zeit später haben sie es fast geschafft, wenn da nicht die eine Schraube fehlen würde. Enttäuscht sehen sich die Männer an, nun gibt es keine Hoffnung mehr! Die Welt ist verloren. Minute um Minute vergeht, während dessen breitet sich etwas Dunkles immer weiter Richtung Michelstadt aus.

Plötzlich springt ein roter Schatten die Stufen der Kirche nach oben: Nero! Siegfried ist überglücklich, ihn zu sehen, doch noch glücklicher wird er, als er entdeckt, was Nero in seinem Maul hat: Die fehlende Schraube! Mittlerweile erstreckt sich in der Ferne schon eine graue Wolke über die Stadt. Leopold befestigt die Schraube. Ein heller Lichtstrahl, breitet sich aus und zerstört das Finstere. Nero hatte die Welt gerettet!

Nach ihrer Aktion hatte Leopold nie wieder etwas von Viktor gehört. Wenige Tage später berichten die Zeitungen über einen eigenartigen Kälteausbruch, der sich über die ganze Welt zog, doch glücklicherweise nur von kurzer Dauer war.

Die Wissenschaftler verabschieden sich und Siegfried reist mit Nero schließlich in die Gegenwart zurück. Zuhause legt er sich auf einen Liegestuhl im Garten und schließt die Augen. Vögel zwitschern, der Wind weht durch die Zweige und von weiter Ferne hört man ein sanftes Schnurren. Nun weiß Siegfried, weshalb die Zeit im Odenwald so anders, so besonders, tickt.

Der Schatz der Asseln

Clemens Behrouzi (Darmstadt)
Erster Preis (Alterskategorie 16 - 17 Jahre)

Adalbert, die Assel, langweilte sich zu Tode. Coup nach Coup hatten sie gedreht. Doch nun war ihnen die Polizei auf den Fersen und sie hatten untertauchen müssen. Monsieur Cloport, wie der Name schon sagt mit Leib und Seele Asseldresseur, war auf der Suche nach einem geeigneten Unterschlupf mit niedriger Kriminalitätsrate, schnell auf den wunderschönen und geheimnisvollen Odenwald gestoßen. Dort gab es das kleine Örtchen Asselbrunn, das zu Michelstadt gehört. Schon vom Namen her konnte es keinen besseren Asselunterschlupf geben. Die letzte Überzeugungsarbeit hatte das dort zu erwartende Kläranlagenaroma übernommen. Einfach eine perfekte Asselatmosphäre.

In Asselbrunn hatte Cloport ein kleines Ferienhaus mit großem Garten, fürs Home-Office, wie er angab, aufgetan und angemietet.

Die Asseln waren zunächst begeistert vom Odenwälder Frisch-Laub. Wie anders war es hier, verglichen mit der staubigen Großstadt! Sie asselten unter den Steinen im Garten und an den alten, feuchten Kellerwänden. Die Begeisterung währte allerdings nur drei Wochen. Dann war jeder Winkel erforscht, jede Laubsorte gekostet und es machte sich Langeweile breit. Cloport versuchte sie mit dem Einüben von Kunststücken zu beschäftigen. Aber zweckfreien Kunststücken fehlte irgendwie der kriminalistische Reiz, um die Asseln zu Höchstleistungen anzuspornen. Auch Cloports Versuche, weiteren Asseln seine Assel-Verständigungsmöglichkeit beizubringen, scheiterten an der mangelnden Motivation der lethargischen Asseln. Diese Verständigungsmöglichkeit bestand darin, mithilfe einer alten mit Sand gefüllten Zigarrenschachtel durch Assel-Purzelbäume Spuren ähnlich eines Strichcodes zu hinterlassen, die Cloport wiederum entziffern konnte. Mit Adalbert, seiner Lieblingsassel, hatte er diese Technik perfektioniert.

Nun saß Cloport, Adalbert in der Zigarrenkiste, auf der Terrasse dieses dezentral-beschaulichen Ferienhauses und sannen nach Abhilfe. Da krabbelte Andi, ein kleiner Assel-Azubi, zu Adalbert in die Zigarrenkiste und flüsterte ihm aufgeregt etwas ins Ohr. Adalbert kullerte es für Cloport in den Sand. Andi hatte, weil ihm die anderen Asseln zu schläfrig waren, auf eigene Faust einen kleinen Ausflug in den benachbarten Wald unternommen. Dort hatte er in einer Felsspalte eine kleine metallene Kiste gefunden. Die Kiste hatte Rostlöcher, sodass er ins Innere gelangen konnte. Sie enthielt kleine hellgrüne, reiskornförmige Körner. Andi hatte sie nicht gekostet, nur an ihnen geschnuppert. Einen Geruch nach Abenteuer hätten die Körner verströmt. Abenteuer? Cloport, dem es inzwischen selbst etwas zu beschaulich in dem Ferienhaus geworden war, sprang auf. Und auch Adalbert winkte aufgeregt die anderen Asseln herbei. Die Nachricht verbreitete sich in Sekundenschnelle. Und wenig später machten sie sich zum Fundort auf, der aufgeregte Andi vorneweg. An der Felsspalte angelangt, strömten die von Adalbert instruierten Trägerasseln direkt mit dem Auftrag in die Spalte, die Kiste ans Tageslicht zu bringen. Die Bergung gestaltete sich als etwas schwierig, weil es, an der Kiste angelangt, direkt Streit gab, wer die Kiste schieben und wer nur aus dem Weg gehen sollte. Schließlich kippte die kleine Kiste aber über den Rand der Spalte und sprang auf. Kleine grüne Körnchen, wie Andi sie beschrieben hatte, rollten auf den Waldboden. Cloport bückte sich, sammelte die Körnchen wieder in die Kiste und setzte sich auf einen Stein. Das Kistchen enthielt neben den Körnern auch einen kleinen, mit Schriftzeichen bedeckten, vergilbten Zettel. Cloport versuchte Worte zu entziffern, was ihm aber nicht gelang. Zu merkwürdig waren die winzigen Schriftzeichen. Adalbert brachte ihn purzelbaumend auf die Idee, den Zettel mit dem Internet-Übersetzer über die Scanfunktion seines Handys zu entschlüsseln. Leider hatten sie an dieser Stelle des Odenwalds kein Internet. Andi, von der Aussicht auf Abenteuer ganz hellgrauwangig, hatte schließlich die Idee, es einfach mit einem Selbstversuch zu probieren. Cloport legte sich selbst ein Körnchen zurecht und zerkrümelte einige für seine Asseln. Adalbert zählte bis drei und alle verspeisten ihren Anteil.

Im Wald begann es zu grollen, dann gab es einen lauten Knall und Nebel waberte über den Waldboden. Nachdem sich dieser verzogen hatte, sahen sie den Eingang einer Höhle direkt vor sich. Es roch geheimnisvoll alt und irgendwie nach feuchtem Keller. Die Asseln waren kaum zu bremsen. Sie stürmten alle zusammen in die Höhle hinein. Plötzlich hörten sie einen lauten Schrei: „Ahhhh! Stopp!".Cloport zuckte zusammen. „Das ist mein Schatz! Finger weg!"

Cloport zog die eine Augenbraue hoch und schaute die Horde Asseln fragend an. Doch diese zuckten synchron die Schulter. War es so dunkel? Sie konnten niemanden sehen.

„Wenn ihr auch nur einen Schritt weitergeht, macht ihr Bekanntschaft mit meinem Messer!" Das ließ die Asseln eher unbeeindruckt, doch Cloport wurde nervös. Die Asseln drängten mit Asselkampfgeschrei weiter. Endlich war mal wieder etwas los.

Cloport schaute verdutzt hinterher. Aus dem Nichts tauchte ein hässlicher Kobold auf. Er hielt eine Art Mütze in der Hand. „Ich bin Alberich und werde meinen Schatz verteidigen! Immer der Ärger mit diesen dämlichen Zeitreise-Körnchen. Da liegt seit gut tausend Jahren eine Anleitung bei und keiner liest sie. Wer hier schon alles in die Höhle geschneit ist und bis man sie dann wieder los ist." Schnaubend wies er auf eine Höhen-Nische, in der sich einige Skelette stapelten. Damit stürmte er auf Cloport zu, dem es immer mulmiger in seiner Haut wurde und drückte ihm das Messer an den Hals. „Warum habt ihr die Anleitung nicht gelesen?" „Wiwiwir hatten kein Netz", stammelte Cloport, was den Kobold sichtlich verwirrte. Diesen Moment nutzten die Kitzel-Asseln, schossen an den Beinen des Kobolds empor und begannen, ihn mit geübten Bewegungen durchzukitzeln. Der Kobold verlor das Gleichgewicht und fiel zu Boden. Dort hatten sich bereits andere Asseln zu kleinen Kugeln geformt, sodass der Kobold Richtung Höhlenausgang rollte. Cloport, der aus seiner Schockstarre erwacht war, stürzte sich auf ihn, entriss ihm Messer und Mütze und fesselte ihn mit der Rolle Bindfaden, die er zu Assel-Springseilübungen immer bei sich trug.

Cloport überlegte. Alberich? Das sagte ihm doch etwas. Da fiel es ihm ein. Er musste in der siebten Klasse doch mal ein Buch über die Nibelungensage lesen. Dort kam ein Zwerg Alberich vor, der den Nibelungenschatz bewachte. Irgendwie mussten diese Körner sie in Zeit und vielleicht auch in Raum versetzt haben. Alberich mit der Tarnkappe. Kein Wunder, dass sie ihn vorhin nicht gleich gesehen hatten. Aber wo war der Schatz, den er bewachte?

„Alberich," rief Cloport. „Wo ist der Schatz, den du bewachen sollst?"

„Ich sag' nix", schnappte Alberich und drehte sich zur Wand. Das war auch gar nicht nötig. Denn die Asseln waren in der Zwischenzeit weiter in die Höhle vorgedrungen, hatten den Schatz gefunden und Andi zupfte nun an Cloports Hosenbein, um ihn über den Fund zu informieren. Cloport eilte in den hinteren Teil der Höhle. Dort wuselten die Asseln bereits ausgelassen zwischen Juwelen und Goldmünzen und spielten zwischen Diademen und Ohrringen Fangen. Cloport grinste und probierte die Tarnkappe. Damit sollten die nächsten Verbrechen ein Kinderspiel sein. Und sie waren reich. Steinreich. Oder eher Asselreich? Die Asseln hatten jedenfalls sichtlich Spaß an dem gefundenen Geschmeide. Jetzt mussten sie es nur noch aus der Höhle schaffen. Ein paar alte Freunde in Paris konnten ihnen sicher behilflich sein, die Stücke zu Geld zu machen. Stellte sich nur die Frage, wie sie dorthin zurückkommen sollten. Adalbert schien sich dieselbe Frage zu stellen. Denn er schaute Cloport fragend von dessen Brusttasche aus an. Cloport stöhnte resigniert auf. Es führte kein Weg daran vorbei. Sie mussten den unsympathischen Alberich um Rat fragen. „Tja, das würdet ihr gerne wissen", zischte dieser nur. „Macht mich los, wenn ihr Hilfe wollt." Sie einigten sich schließlich darauf, dass die Asseln den Schatz wieder aufräumen und Cloport Alberich die Tarnkappe zurückgeben würde. Außerdem versprachen sie, nach der Rückkehr das Kistchen mit den Zeitreisekörnern zu vernichten. Cloport machte Alberrich los und dieser zog ein ähnliches Kästchen aus seiner Hosentasche, wie sie es in der Felsspalte gefunden hatten. Allerdings enthielt es rote Körnchen. Cloport zerbröselte einige für die Asseln und auf drei nahm wieder jeder von ihnen seinen Anteil ein. Mit Knall und Nebel versetzte es sie zurück nach Asselbrunn. Allerdings brachte es Cloport nicht über sich, das Kistchen zu vernichten, sondern er verkaufte es an einen zwielichtigen Trödelhändler, mit dem er ohnehin noch eine Rechnung offen hatte. Und Andi wurde für seine Taten zu Adalberts offiziellem Assistenten ernannt.

Sollte Ihnen also beim Antiquitätenhändler Ihres Vertrauens mal ein altes Kästchen in die Hände fallen, seien sie vorsichtig, wenn es kleine grüne Körnchen enthält.

**Nominierte Preisträger
des Erwachsenen-Schreibwettbewerbes:** (alphabetisch sortiert)

Dr. Michael Hüttenberger (Michelstadt/Hessen), geb. 1955, freier Autor und Journalist. Hobbys: Kommunalpolitik, Fahrrad fahren, Posaune spielen. Lieblingsbuch: Die nachdenklichen Hühner. Lieblingsautor: Håkan Nesser (unter den Krimiautoren).

Markus Rödle (Mörlenbach/Hessen), geb. 1967, Ingenieur. Hobbys: Geschichte, Segeln. Lieblingsbücher: Neverness, Dune, Neuromancer. Lieblingsautoren: William Gibson, Frank Herbert.

Ralf Schwob (Groß-Gerau), geb. 1966, Buchhändler, Autor. Hobbys: Schlagzeug spielen (aktiv), Fußball (passiv). Lieblingsbücher: da gibt es viele, u.a. Buddenbrooks. Lieblingsautoren: Thomas Mann, Ernest Hemingway, Juli Zeh.

Preisträger des Jugend-Schreibwettbewerbes:

Erster Preis (Altersgruppe 11 – 12 Jahre)
Maja Glenk (Heidelberg/Baden-Württemberg), geb. 2010. Hobbys: Leichtathletik, Klavier, Tanzen, Fußball. Lieblingsbuch: Der Zaubergarten. Lieblingsautorin: Nelli Möhle.

Erster Preis (Altersgruppe 13 – 15 Jahre)
Hannah Wilde (Michelstadt/Hessen), geb. 2006. Hobbys: Leichtathletik, Cello, Backen. Lieblingsbücher: Eine Insel zwischen Himmel und Meer, Als wir fast mutig waren, Sophie auf den Dächern von Paris, u. v. m. Lieblingsautorin: Katherine Rundell.

Erster Preis (Altersgruppe 16 – 17 Jahre)
Clemens Behrouzi (Darmstadt/Hessen), geb. 2005. Hobbys: Kartenspielen, Zeichnen, Videos schneiden. Lieblingsbuch: Die Känguru-Chroniken. Lieblingsautor: Marc-Uwe Kling.

Weitere Autorinnen und Autoren in alphabetischer Reihenfolge:

Allegra Celine Baumann (Darmstadt), geb. 1990, Stadtsoziologin, freie Journalistin. Hobbys: Schreiben, Lesen, mit ihrer Hündin in der Natur unterwegs sein. Lieblingsbuch: Die verlorenen Spuren. Lieblingsautor: Alejo Carpentier.

Wiebke Behrouzi (Darmstadt), geb. 1975, Dipl.-Finanzwirtin. Hobbys: Musik, insbesondere Kontrabass und Gitarre spielen, Wandern. Lieblingsbücher: Schand-Reihe, Kluftinger-Reihe. Lieblingsautoren: H. Weichmann, S. Fröhlich, V. Klüpfel, M. Kobr.

Ines Burghardt (Bonn), geb. 1985, Koordinatorin. Hobbys: Sport an/in den drei W's (Wald, Wasser, Wand). Lieblingsbücher: viele. Lieblingsautoren: auch viele.

Monika Deutsch (Lingenfeld), geb. 1952, Fahrzeugbautechnikerin (nicht mehr berufstätig). Hobbys: Wandern, Joggen, Lesen und Schreiben. Lieblingsbuch: Kim Novak badete nie im See Genezan. Lieblingsautoren: Henning Mankell, Hakan Nesser.

Sandra Eisenhauer-Schäfer: (Lützelbach), geb. 1972, Hauswirtschaftlerin. Hobbys: Fahrrad fahren, ihr Hund. Lieblingsbücher: Muttertag, Im Wald. Lieblingsautorin: Nele Neuhaus.

Angela Flath (Höchst/Hassenroth), geb. 1979, Sekretärin. Hobbys: Rad fahren, Ski fahren, Freunde treffen, Lesen. Lieblingsbuch: Junge Frau, am Fenster stehend, Abendlicht, blaues Kleid. Lieblingsautorin: Lucinda Riley.

Jess Geiger (Dinslaken), geb. 1965, Dipl.-Sozialarbeiterin, Lerntherapeutin. Hobbys: Lesen, Schreiben, Kunst, Gärtnern, Musik. Lieblingsbücher: Diverse. Lieblingsautoren: Janosch, Matthias Reuter, Horst Evers, Axel Hacke, Jan Weiler.

Niklas Gentner (Aulendorf, Baden-Württemberg), geb. 2001, Student (Umweltbildung). Hobbys: Schreiben, Sport treiben, Fahrrad fahren, Jugendarbeit. Lieblingsbuch: Mit 50 Euro um die Welt. Lieblingsautor: Peter V. Brett.

Stefanie Glenk (Heidelberg), geb. 1973, Kommunikationsberaterin. Hobbys: Lesen, Schreiben, Sport. Lieblingsbücher: das wechselt häufig. Lieblingsautor*in: je nach Laune.

Anne Grießer (Freiburg), geb. 1967, Autorin, Lektorin, Dozentin. Hobbys: Wandern, Reisen, Lesen. Lieblingsbücher: viele. Lieblingsautoren: Fred Vargas, Stephen Krug, Jane Austen.

Brigitte Gruber (Heilbronn), geb. 1965, Kauffrau. Hobbys: Wandern, Lesen. Lieblingsbuch: All die unbewohnten Zimmer. Lieblingsautor: Friedrich Ani.

Matthias Haak (Bonn), geb. 1995, Student. Hobbys: Lesen, Schreiben, Gitarre, Schach, Jonglieren. Lieblingsbuch: Der Name des Windes. Lieblingsautor: Terry Pratchett.

Anne Hechenberger (Neufahrn), geb. 1987, Lehrerin. Hobbys: Sport, Lesen, Kochen. Lieblingsbuch: Die Säulen der Erde. Lieblingsautor: Bertolt Brecht.

Monika Huhn (Bruchsal), geb. 1959, Buchhalterin. Hobbys: Lesen, Schreiben von Kurzgeschichten, Sport. Lieblingsbücher: Blackout, Der Gesang der Flusskrebse. Lieblingsautoren: Arno Strobel, Marc Elsberg, Dan Brown.

Birgit Körner (Esslingen), geb. 1971, Sozialpädagogin. Hobbys: Nähen, Schreiben, Lesen. Lieblingsbuch: Die Entdeckung der Langsamkeit. Lieblingsautor: T.C. Boyle.

Heike Kroll (Breuberg), geb. 1967, kaufm. Angestellte. Hobbys: Schreiben, Musik, Tischtennis. Lieblingsbuch: Der Letzte seiner Art. Lieblingsautoren: Karl Olsberg, Andreas Eschbach.

Nicole Mahne (Bielefeld), geb. 1972, Lektorin. Hobbys: Schreiben, Joggen, Yoga, Sauna. Lieblingsautor*in: Elisabeth Strout, Haruki Murakami.

Philipp Porter (Lützelbach), geb. 1959. Hobbys: Alte Armbanduhren aufbereiten (mit Daten wie Herkunft, Historie usw.).

Lena Maria Rupp (Groß-Rohrheim), geb. 1988, Psych. Psychotherapeutin. Hobbys: Fahrrad fahren, Lesen, Schreiben, Grußkarten basteln. Lieblingsbücher: Olive Kitteridge; Alles Licht, was wir nicht sehen. Lieblingsautor*in: Elizabeth Strout, Anthony Doerr.

Harald Schneider (Schifferstadt), geb. 1962, Diplom-Betriebswirt. Hobbys: IT, Leseförderung Schüler, Astronomie. Lieblingsbuch: Sofies Welt. Lieblingsautor: Jostein Gaarder.

Meike Schwagmann (Wächtersbach), geb. 1971, freiberufl. Autorin. Hobbys: Bücher, ihr Hund. Lieblingsbücher: Stolz und Vorurteil, Kleine Abschiede. Lieblingsautorinnen: Jane Austen, Anne Tyler.

Andrea Schwarz (Breuberg), geb. 1965, Verwaltungsangestellte. Hobbys: Yoga, Fastnacht, Freunde treffen. Lieblingsbuch: Achtsam morden. Lieblingsautor: Karsten Dusse.

Thomas Seifert (Bad König), geb. 1947, Pensionär. Hobby: Regionalgeschichte. Lieblingsbuch: Doktor Faustus. Lieblingsautor: Thomas Mann.

Irene Thomae (Otzberg), geb. 1943, Rentnerin. Hobbys: Bücher, Garten, Katzen. Lieblingsbücher: aktuelle Literatur. Lieblingsaustoren: ziemlich viele.

Rüdiger van der Boom (Königswinter), geb. 1944, Rentner. Hobbys: Segeln, Lesen, Gärtnern. Lieblingsbuch: Zauberberg. Lieblingsautor: Thomas Mann.

Harald Wölfel-Schramm (Eberbach), geb. 1956, Rentner. Hobbys: Bogenschießen, Rinder. Lieblingsbuch: Der ewige Spießer. Lieblingsautor: Ödön von Horvath.

Dieter Wolf (Erbach), geb. 1970, Controller. Hobbys: Filme, Reisen, Fotografieren, Podcasts, Hörbücher. Lieblingsbücher: ES, Herr der Ringe. Lieblingsautoren: Jussi Adler-Olsen, Jeffery Deaver.